해방촌 가는 길

KB105989

강신재

해방촌 가는 길

차례

해방촌 가는 길

가랑비가 아직도 부슬거리고 있었다. 뒤꿈치가 삼 인치나 되는 정신 나간 듯 새빨간 빛깔의 구두를 신고, 그 까맣게 높다란 비탈길을 올라야 한다는 것은 정말 우스꽝한 고역이 아닐 수 없었다. 기애는 뒤뚝거리면서 그 길을 올라가고 있었다.

그악스러운 폭우가 서울에도 퍼부었던 모양이었다. 좁다란 언덕길은, 굴러내려 데굴거리는 돌멩이들 탓에 어느 험한 골짜기와 비슷하였다. 맑은 물이 돌돌 흘러내리고 있다. 뾰죽한 돌부리들은 짓궂은 악의를 가진 것처럼 한사코 기애의 발목을 졎히려 들거나 호되게 복사뼈를 때리거나 하였다. 그런 때마다 눈에서 불이 튀어나도록 아팠다. 그렇게 눈에서 불이 튀어나도록 아픈 순간이 단속적으로 이어져 나가니까 아픔은 지긋한 어떤 다른 감각으로 변하여 가는 것처럼도 느껴졌다. 그리고 그 지긋한 한 줄기의 감각은 곧 울상이 되려다 말곤 하는 기애의 마음속과 썩 잘 어울리는 것이었다.

마음속에 쌓인 갑갑하고 침침한 무엇 때문에 더 이상 견딜 수 없다는 듯이 기애는 고개 중턱에서부터 끝내 눈물을 굴려뜨리고 말았다. 그리고 우산도 쓰지 않은 뺨 위로 가랑비가 흐르는 차가운 감촉과 뜨거운 눈물의 이물(異物)다운 느낌에 조금 마음속이 후련해지는 것 같다고도 생각했다.

좁다란 골목이 뻗어 올라간 남산께로부터는 짙은 안개가 흘러내리고 있었다. 그것은 마치 구름뭉치처럼 희뿌옇게 뭉게뭉게 퍼지면서 기애의 주위를 둘러싸는 것이었다. 그것은 어려서 잘 따라가곤 하던 깊은 산속의 어느 온천이나 약수터의 새벽과 흡사하였다. 기애는 걸음을 멈추고 두꺼운 베일을 쓴 남산의 검푸른 모습과 머리 위를 지나가는 구름들의 어둡고 산란한 움직임을 바라보았다. 비는 아직도 한참을 더 내려야 할 모양이었다.

대구의 하숙방을 나오면서부터 몇 차례를 젖었다 말랐다 한 레인코트는 또 흠뻑 물이 배어서 거진 검은색처럼 보이면서 기애의 가느단 허리께에서 잘룩 죄어 매여 있었다. 이 레인코트를 다른 옷이랑 구두랑과 함께 불 속에 처넣어 버릴까 말까 하고 한참이나 망설였던 일을 기애는 지금 마음속에 되살려 보았다. 그때 마음을 돌려먹었다기보다 초조와 자학에 지쳐 버린 나머지 그만 방바닥에 내동댕이쳤던 까닭에 그것은 그나마 오늘 기애의 몸에 걸쳐져 있는 것이었다. 이 정신 나간 것 같은 구두를 신고 드레스 바람으로 우중을 돌아다녔어야 하였다면 분명히 기애는 좀 더 비참한 기분을 맛보아야만 했을 것이다.

그러나 그렇게 사리를 따지고 보더라도 기애는 자기의 광태를 뉘우치거나 후회스러운 마음이 들지는 않았다. 기애의 마음속 밑바닥에는 아직도 줄기찬 분격이 가시지 않고 흐르고 있었다. 그 흐름의 반의반만치도 표현을 못했다는 원통함 같은 것이 어린애가 발을 실컷 구르지 못한 듯이 배 속에 남아 있다면 있는 것이었다.

'죽음만이……'

하고, 기애는 그때도 지금도 생각하는 것이었다.

'아마도 그것만이 이 일의 결말로써 그리고 보복으로써도 가장 적당한 것일 테지……'

그러나 기애는 비참한 심경이기는 하였지만 그곳까지 굴러 들어가지는 않고 배겼다. 그것 이상의 더 합당한 귀결을 발견할 수는 없었음에도 불구하고 그것은 어쩐지 구시대적인, 따라서 어느 정도 난센스한 일인 것같이 여겨졌기 때문이었다.

그러나 여하간 기애는 죽음과도 못지않은 괴로움을 맛보았다고 생각하고 있었다.

굴욕감과 절체절명감에 압도되어서 거의 자기를 잃었던 수술과 입원의 기간. 특출한 수술도 아니었건만 기애의 경우는 유달리 불운함을 면치 못하였다. 수상쩍은 의사의 솜씨 탓이었는지 혹은 기애의 몸 그것에 원인이 있었던지, 수술은 위험 상태에 빠진 채 장시간을 끌었다. 그처럼 위급한 환자의 상태를 아마도 처음으로 당하는 눈치인 그 젊은 무면허 의사는 숨이 끊어질 듯한 기애의 고통의 호소에는 거의 일고의 주의도 베풀지를 않았다. 기애는 몇 시간을 내리 야수처럼 비명을 질렀을 뿐만 아니라 실상도 인간적인 모든 것을 그 몇 시간 동안 완전히 상실해 버렸었다.

수술 후의 경과도 좋지는 않아서 기애는 보자기 하나를 들고 급자기 얻어 든 낯모르는 하숙집 방바닥에서 소리도 못 내고 뒹굴며 아파했다.

그러나 육체의 고통은 그 시간이 사라지면 잊힐 수도 있는 것이었다. 그리고 또 임신을 하고 그 중절의 수단을 취하였다는 정신적인 쇼크도 그녀의 괴로움의 전부는 아니었다. 기애는 조오가 그처럼 깨끗하고 완전하게 자기 곁을 떠나 버린 그것처럼은, 조오의 일을 청산할 수 없었던 것이다. 조오는 군인이며 명령에 따라서는 즉시로 귀국해야 할 사람이었다. 따라서 그에게는 아무 잘못이 없었으며, 그에게 명령을 내린 그의 국가에도 아무런 잘못이 있을 수 없었다. 그리고 그 일을 조오나 기애가 미리 계산에 넣지 않았었다고 할 수 있을까?

그러나 그럼에도 불구하고 기애는 마음 밑바닥으로부터 치밀어 오르는 노여움을 어찌할 수 없었다.

조오는 결코 냉담한 사나이가 아니어서 그는 그 바닷빛 두 눈에 눈물을 그득 담고 괴로워하였지만 그러나 결국 그는 떠나갔고, 그리고 기애는 그의 정성의 전부인 달러로써 수술을 하고, 몰라보게 사나워진 성질을 가지고 혼자 남아난 것이었다. 그녀는 그 성미를 자기로도 주체할 수가 없어서 부대의 동료나 GI들과 닥치는 대로 싸움을 하고, 결국은 우두머리인 커널에게 타이프 종이를 찢어 던지고 그 자리에서 파면이 된 것이었다.

직장을 그만두고 나서도 기애는 두 달이나 대구에 머물러 있었다. 어두운, 산란한, 창문에 빗줄기가 흐르는 듯한 날과 날이 지나갔다. 기애는 이불을 뒤집어쓰고, 혹은 종일토록 엎드려서 울음과 노여움과 그리고 바람같이 가슴을 휩쓰는 허무감과 싸우고 있었다. 조오는 기애의 심장을 너무나 깊이 깨물어 버린 것이 분명하였다. 그리고 여기 대하여 기애가 전신으로 의식하는 감각은 '노여움'이었다.

어느 날 파리한 얼굴에 눈만 이상히 빛나는 기애는 그때까지 하지 않았던 생각을 하였다. 어머니와 동생이 있는 서울 집으로 돌아갈까 하는 생각이었다. 그 일은 조오와의 동서(同棲)가 시작되면서부터 무의식중 자기에게 금해 온 일이었다. 어머니 장씨는 필경 딸을 버렸다고 가슴이 무너져 내릴 것이었고, 그러한 어머니의 윤리관에 그대로 동조할 수는 없는 기애로도 또 그리 버젓하게 나설 용기도 미처 없는 것이었다. 여하간 모친에게 그것은 너무 잔인한 결과일 것이고, 기애 편에도 일종의 본능적인 수치감이 있었다. 외국 군인과의 동서 생활이 별 거리낄 일로 치부되지 않고 때로는 오히려 어떤 긍지조차 부여하고 있는, 거기는 또 그런 윤리가 지배하는 부대 안에서라도, 어떤 사소한 사건이 기애로 하여금 맹렬한 동요를 갖게 하지만 않았던들, 그는 낡고 완고한 종래식의 사고방식에서 그처럼 쉽게 뛰쳐나올 수는 없었을 것이었다. 어느 날 기애는 '제비'라는 한마디의 단어에 주의를 이끌렸다.

'제비', '미스 제비' 그렇게 불리는 것이 바로 자기이고, 그리고 그것은 취직 이래 하루같이 입고 다니는 자신의 곤색 옷에서 연유하는 별명이라고 알았을 때 기애는 부끄러움으로 사지가 빳빳해지는 것을 느꼈다. 부지런히 빨아 다리는 흰 블라우스와 함께 내리 석 달은 입어 온 기애의 진곤색 수트는 부대 내에서 바야흐로 하나의 명물로 화(化)해 가고 있은 것이었다. 기애의 자존심은 분쇄되었다. '친구'를 만들지 않고, 그래서 초라하게 하고 있다는 점이 조금도 자랑이 될 수 없는 세계가 거기 있었다. 검소는 곧 무교양과 연결되었다. 그것은 견딜 수 없는 일이었다.

기애는 몸가짐을 달리하였다. 조오의 접근을 용서하였다.

그리고 당연하게도 그를 이용하였다. 기애는 아름다워지고 군인들은 그의 앞에 공손하였다.

그런데 그러다가 보니 조오는 퍽이나도 순진한 청년이었다. 내일이 있을 수 없는 것은 명백하였지만 이 금발에 바닷빛 눈을 가진 젊은 외국인은 현재로 보아 기애 자기보다 훨씬 순수한 것이 사실이었다. 현재로 보아서 그랬다. 그리고 내일이라는 것을 진실한 의미로 누가 알 수 있을까?

조오보다 자기가 불순하다는 생각은 기애의 마음에 들지 않았다. 먼 날의 자기의 '거래'를 위하여 저울질한 애정을 내민다는 것이 기애는 차츰 싫어져 왔다.

기애는 무모한 짓을 하였다.

그리고 그 대가의 하나로서, 언제나 어떤 종류의 비감함과 결부되어서만 생각되는 서울의 가족과의 결별이 있었다.

그러나 그날 기애는 수척한 머리를 들고 그 집으로 돌아갈 생각을 한 것이었다. 늘 피하려고만 하던 두 육친의 환상을 가슴속에 똑똑히 떠올려 보았을 때 기애는 여지껏과는 맛이 다른 뜨거운 눈물을 두 볼 위에 흘렸다. 눈물은 슬펐지만 달콤하였고 폭신한 무엇이 그 속에는 있었다. 한밤중에 기애는 대구를 떠났다.

빗줄기가 차츰차츰 굵어져 오는 것 같았다. 기애는 앞이마에 들러붙은 머리카락을 손끝으로 떼어서 젖히고는 그편 손에 트렁크를 옮겨 쥐었다. 그 어느 날 밤인가의 처사 때문에 그녀의 재산은 온 세상에 그 트렁크 하나로 줄어든 것이었다. 그 속의 것들도 정밀히 따진다면 과연 조오와 관련이 없는 물건뿐이었는지 모호한 일이기도 하였지만 이제는 그런 것을 따지기도 싫었다. 조오는 간 것이 분명하였다. 그리고 자기는 이 년 전 이 골목을 뛰어 내려가면서 어떤 일이 있더라도 움켜쥐고 오고자 생각했던 아무것도 손에 쥐지 않은 채 돌아오고 있다고 깨달았다. 공기처럼 바람처럼, 무엇인가가 지나간 것이었다. 시간이 그저 흘러갔을 뿐이었다.

기애는 희뿌연 남산을 바라보고 이 년 전, 그 중턱의 판잣집으로 이사를 오던 날 서글픈 감정을 서로 감추느라고 세 식구가 미묘한 고통을 겪은 일을 지금도 생생히 마음속에 되살려 올렸다. 초라한 판잣집은 정말 너무도 형편이 없었다. 그것을 보는 순간 가슴이 쩌릿하게 아파 오도록 그것은 그냥 닭장이나 헛간과 다를 바 없었다. 자기의 안색을 살피는 장씨의 눈길이 기애는 아팠다. 그리고 그렇게 아파하는 기애의 마음은 또 반사적으로 장씨의 심장을 다치는 것이었다. 어색한 웃음소리나 공연히 높은 음성이 그럴 적마다 더욱 견디기 어려운 공기를 자아냈다. 국민학교의 6학년생인 욱이만이 비교적 무관심한 듯 드나들며 이삿짐을 나르고 있었다.

그러나 기애가 그 신문지로 초배를 한 방바닥에 앉아서 쉴 수 있는 것도 잠깐 동안뿐이었다. 빚을 받으러 왔다는 여자가 웬 볼품사나운 사내들을 네댓이나 몰고 와서 이삿짐도 덜 푼 마당에서 야료를 부리기 시작한 것이다. 집을 팔고도 감쪽같이 옮겨 앉는 그 마음보가 고약하다. 다만 얼마라도 수중에 남은 것이 있을 것 아니냐. 사람의 형상을 하였으면 체면이 있어야지.

구경꾼이 늘어섰다. 사내들은 눈을 부릅떴다. 장씨는 손발을 가눌 수 없을 만치 극도로 흥분하고 있었다. 그러면서 그녀는 일언반구의 대꾸도 못 하는 것이었다. 성이 나면 날수록 말문이 꽉 하니 막히는 것은 본래의 버릇이기는 하였지만, 여지껏은 그래도 학교에 보내느라 별로 이따위 꼴을 보인 적이 없는 기애의 앞이라는 생각에, 장씨는 그만 그들의 욕설도 제대로 들리지가 않는 것이었다.

기애는 새파랗게 질려서 떨고 있었다. 이 동리로 발을 들여놓으면서부터 누르고 달래고 하던 수치감이 일시에 폭발을 하는 느낌이었다. 기애는 장씨를 밀어내고 앞으로 나섰다. 그녀는 그들에게 당장에 나가라고 명령하였다. 높은 음성도 아니었다. 그러나 조금도 궁기(窮氣)가 흐르지 않는 미모의 소녀의 새파란 서슬에 그들은 잠깐 멈칫하였다. 기애는 자기가 그것을 갚는다고 단언하고 날카로운 어조로 빨리 나가라고 되풀이하였다.

그들이 사라진 뒤를 이어서 기애는 이 고갯길을 힘껏 달려 내려갔다. 부글거리는 격정을 삭이느라 무거운 것도 무거운 줄 모르고 번쩍번쩍 짐을 들어 옮기고 있던 장씨의, 그 순간 휘둥그레진 커단 눈이, 오래도록 기애의 망막에 남아 있었다. 그리고 서글픈 듯이 귀를 잡아당기면서 판자문 앞에 서 있던 욱이의 모습도…….

그 집은 아직도 그곳에 그 모양으로 있을 것인가. 어머니와 욱이는 다 무사할까. 거리가 조금씩 다가옴에 따라 그곳에 사는 사람들의 현실성은 기애의 맘속에서 반대로 차차 희박해져 오는 것이 이상하였다. 잠깐 사이이기는 하나 기애는 그곳에 아무 사람도 있지 않고 따라서 자기의 이러한 모습도 보이지 않고 말았으면 하는 욕망이 가슴에 괴어오르는 것을 느꼈다. 그러나 물론 그들은 거기 있을 것이었고 그 주소에 대고 기애는 꼬박이 송금을 하여 온 터였다.

고갯길은 다하였다. 남산 허리를 돌며 뻗어 온 널따란 길이 한참을 그대로 탄탄히 펼쳐져 나가고 있었다. 길 양옆에는 큼직한 집들이 여유 있게 들어앉고, 비에 젖은 정원의 초록이 눈에 새로웠다. 기애는 트렁크에 걸터앉아 조금 쉬었다. 그리고 일어서는데 곁의 철망 안에서 개가 사납게 짖어 대기 시작했다. 무엇이 그렇게 비위에 거슬렸던지 개는 미친 듯이 껑충대며 더할 수 없이 포악하게 으르렁대었다. 보고 선 기애는 별안간 그 개에 못지않게 격렬한 감정이 자기를 휩쓸려고 하는 것을 느꼈다. 개가 힘껏 성미껏 악을 쓰고 있듯이 어딘가에 대고 가슴속을 폭발시키고픈 어리석은 욕망을 그녀는 억제할 수가 없었다. 기애는 돌멩이를 집어 들었다. 셰퍼드의 코를 향해 힘껏 내리쳤다. 그리고 폐부를 찌르는 듯한 짐승의 비명과 슬프고 비참한 긴 신음 소리 가운데 신경이 산산조각이 나는 것 같은 현기증을 느끼면서 비칠비칠 걸어갔다.

편안치 못한 잠으로부터 기애는 깨어났다. 눈을 뜨니까 곧 잡지책을 뜯어 바른 천장과 벽의 괴상스러운 얼룩이 시야에 들었다. 얼룩은 잠들기 전에 쳐다볼 때보다도 훨씬 더 그 영역을 넓히고 있었다.

누운 위치가 조금 바뀌어 있었다. 두어 칸 넓이 방의 삿자리가 깔린 한구석으로부터 가운데로 이불이 옮겨져 있었다. 애초에 누웠던 부근에는 세숫대야와 뚝배기가 대신 널려 있었다. 세숫대야와 뚝배기 속으로는 또닥 딸랑 하고 이상스레 동화적인 소리를 내면서 빗방울이 떨어져 내리고 있다. 윗목으로는 조금조금한 자루가 네댓 개 바리케이드처럼 포개 놓였다. 조금 입을 벌린 그 하나에서 수수알이 흩어져 나와 있었다. 삼각형으로 깨어져 나간 손바닥만 한 거울. 반이 부러진 빨간 빛. 이 방에 그득 차 있는 것은 가난 그것뿐이라 느껴졌다. 기애는 눈을 감았다. 굴욕적인 정상이었다. 사람이 사람에게보다는 동물에 가깝도록 궁핍에 인종하며 살고 있다는 것은 기애에게는 부끄러운 일 이외의 아무것도 아니었다. 이사 올 때 누르고 달래던 굴욕감은 여전히 그대로 굴욕감이었다. 그것 자체가 죄악처럼 피해야만 하는 일이었다. 그리고 그것이 죄악과 비슷한 것이라면 그 죄는 바로 기애의 것이었다.

부친의 생존 시에 그들은 이런 생활을 하지 않았고, 장씨가 지주였을 때만 해도 그들은 체면을 유지하며 살았다. 지금은 기애의 책임인 것이었다.

머리맡을 바람결같이 연달아 지나가는 것이 있어서 그녀는 본능적으로 목을 움츠렸다. 눈을 뜨고 그것의 행방을 바라보았다. 그것은 커다랗고 시꺼먼 쥐들이었다. 두 마리의 쥐가 자루께에 가서 살살대고 오르내리는 것이었다.

기애는 오싹하고 온몸의 솜털을 일으켜 세웠다. 황급히 일어나 앉으니까 그 서슬에 쥐들도 놀랐는지 기애의 다리를 스칠 듯이 뒹굴어 와 이부자리 가녘[1]을 미끄러지며 달아났다. 생리적인 혐오감을 누르느라고 기애는 한참동안 애를 써야만 했다. 이가 달달 마치도록 떨고 있었다.

이윽고 그녀는 세모난 거울을 집어 눈언저리가 꺼멓게 꺼진 얼굴을 들여다보고 일어서서 마당으로 나왔다. 멎는다는 것을 잊어버린 듯이 소리도 없는 가는 비가 아직도 한결같이 내리고 있었다. 국방색 몸뻬에 흰 당목 적삼을 입고 비를 맞으며 돌아앉아 무엇을 씻고 있는 장씨를 기애는 뒤에 서서 바라

1 가장자리.

보았다. 진일[2]을 하는 어머니의 모습을 보는 것이 기애는 제일 싫었다. 예전부터 그랬다. 그렇다고 도울 염을 하는 것도 아니었다. 지금도 다만 싫다고 느꼈다. 그녀는 상을 찌푸린 채 판자문을 밀치고 골목으로 나섰다.

이 년 전보다 말이 못 되게 쪼그라지고 새까매진 노모는 기애의 기색만 살피고 있다가 끝내 이렇게 한마디 문밖에다 던졌다.

"얘야 방에 들어가 누워 있으려무나. 피곤할 텐데, 응?"

응 소리는 사뭇 애원하듯 한다.

기애는 장씨가 자기의 더부룩한 머리 모양이며 너덜너덜 늘어진 플레어스커트며 어깨까지 헤벌어진 얼룩덜룩한 블라우스를 남들에게 보이기 싫어하는 것을 알고 있었다.

그러나 대꾸도 하지 않았다. 기애는 장씨의 노쇠한 얼굴을 보고, 심약하게 자기의 낯빛만 엿보는 습관이 전보다 더 심해진 것을 보자 반대로 이상하게 배짱이 생겨난 것이었다.

'이 집에서 기운을 낼 사람은 나 혼자뿐이야.'

그런 결론이 주는 용기이기도 했다.

기애는 삼사일만 더 휴양을 취하고는 얼른 일자리를 구해야겠다고 생각하는 터였다. 장씨가 자기보다 더 비참한 것 같아 그 곁에 머리를 싸매고 누워 있기 싫었다.

기애가 돌아오던 날 개울에서 방망이질을 하다 마주 일어선 장씨의 얼굴에는 확실히 당황한 빛이 짙었었다. 딸의 돌연한 귀가가 놀랍기도 하였겠지만 기애를 일별한 그 찰나에 모성 본능이 무엇인가를 직감한 탓인지도 알 수 없었다. 단정하

2 궂은일.

지 못한 기애의 차림새에 남의 눈을 꺼리고만 싶은 장씨의 기분은 무의식중 그런 데에까지 걸쳐져 있는 것이었다.

장씨와 욱이의 생활은 기애가 조금 의외하였으리만치 극단히 궁색한 것이었다. 기애는 자기의 송금도 있었고 조금은 나아졌으려니 믿고 있은 위에 장씨의 편지 같은 것으로 미루어서도 그런 느낌을 가졌었기 때문에 궁한 모양에 한층 더 마음이 어두웠다. 하룻밤을 자고 난 다음 날 아침 욱이가,

"누나, 학교 갔다 올게."

하고 중학교 교모를 눌러쓰고 나간 다음에 기애는 트렁크를 열고서 돈이 될 물건들을 끄집어냈다. 정가표가 붙어 있는 라이카니 필름이니 녹음기의 테이프니 하는 것들이었다. 장씨는 눈이 둥그레지며 놀랐다. 놀라면서도 재빨리 그것들을 보자기에 싸서 옷궤짝 밑바닥에 집어넣었다. 그러고 나서 비로소 만족한 듯이 미소를 띠우고 말문을 열더니,

"저게 값이 얼마나 나갈까, 시세를 잃지 않구 잘 팔아야 할 건데."

하고 수군대며 또 곧 근심스러운 얼굴이 되는 것이었다.

장씨는 그것을 작게 꾸려서 치마폭에 감추듯이 해 가지고 나가서는 돈과 바꾸어 들이곤 하였다. 하루에 몇 차례나 들고 나갔다 들어왔다. 거의 입을 열지도 않고 온 정신을 팔며 그 일을 하였다. 돈도 역시 치마폭에 감추어 가져오고 보자기를 끄를 적에는 문고리를 몇 번이고 흘낏거려 보았다.

그러한 장씨에게서 기애는 뭔지 비굴함을 느끼지 않을 수 없었다. 그것은 묘하게 돌아가는 일이었다. 장씨 자신이 돈을 반갑고 귀하게 여기면서 돈이 되는 그 물건에는 왠지 떳떳치 못한 것을 느끼듯이, 딸에 대하여도 기특하고 고마운 반면에

는 낙담이 되고 꺼려하는 무엇이 없지 않았다. 장씨의 이런 기분은 또 그냥 기애에게 반영되고, 그러니까 장씨에게 느끼는 뭔지 비굴한 그 느낌은 곧 기애가 기애 스스로에게 느끼는 비굴감이기도 하였다.

그리고 장씨는 기애에게 더 근본적인 문제에 관한 의혹을 품고 있는 까닭에 시시각각 가슴속에서 자문자답을 하고는 결국 '우리 아이가 그럴 리가 없지.' 하고 일시나마 단정을 내림으로써 기분을 돌리곤 하는 것이니까, 기애로 보면 자기의 실태가 끊임없이 그리고 전면적으로 모욕당하고 있는 셈이었다.

그러기에 기애는 장씨의 감정에는 일체 개의치 않을 배짱을 세운 것이었다. 장씨와 함께 온갖 주위만 살피다가는 헛간 생활을 면할 길이 영영 없으리라 싶었다.

그래도 순간적으로 장씨에게 동정적인 기분이 되기도 하여 사흘째 되는 엊저녁에는 머리도 감아 빗어 동여매고 꺼내 주는 치마저고리로 얌전하게 꾸며 보이기도 하였다. 등불 아래서 풋콩을 까면서 장씨는 졸지에 환해진 것 같은 얼굴에 안심한 빛을 감추려고도 않고 이런 소리를 하는 것이었다.

"네가 애써 벌어 보내는 것이겠거니 하니 어디 어영부영 써 버릴 맘이 나더냐. 돈 들여 고치면 그야 이런 집이라두 좀 나아질 테지만 난 그저 눈 딱 감구 지냈다. 욱이더러두 중학교 들어서 다니는 것만 고마운 줄 알구 매사 참어라 참어라 했지. 누이는 인제 시집보내야 할 나인데 한 푼이라두 아껴 써야 하느니라구. 그렇지 않냐. 다 점잖은 걸 객지에 놔두구 늘 걱정이었더니라."

장씨는 이제야 그런 소리도 해 들릴 심정이 되었다는 듯이 대견한 표정을 지어 보이는 것이었다. 건강도 안 좋아 그만 두었노라는 설명만으로는 부족하였던 안타까움을 장씨는 어지간만 하면 그만 내어던지고 시원해지고 싶었는지도 몰랐다. 그러나 기애는 탐탁잖은 얼굴로 잠자코 있는 수밖에 없었다. '결혼? 흥.' 하고, 그러나 그 코웃음을 어디로 가져가야 할지는 알 수 없었다. 장씨는 또,

"애, 그 근수가 제대했더구나, 접때 여길 오지 않았겠니. 아 예배당엘 갔다 오는데 웬 장정이 떡 마주 서길래 깜짝 놀랐더니 그게 바루 근수야. 가엾더라. 무척 고생을 하는가 봐. 것두 그렇잖겠니. 웬 천하에 제 한 몸이니. 쉬이 또 오마구 하더니만 오늘이라두 안 오려는지."

한참 수다스럽기까지 하던 그녀는 슬며시 무언가 마음에 걸리는 듯한 눈초리가 되었다.

"참 어머니, 누나 오기 바루 전날 근수 형님 왔었어요. 삼일 예밴가 뭔가 보러 가신 뒤에요. 내가 그 소릴 안 했었네."

소반 위에다 노트를 펼쳐 놓고 앉았던 욱이가 그렇게 이야기 속에 들어왔다.

"그래? 그래 속기 학교엔 들어갔다던?"

"네, 들었대요. 그건 됐는데 낮의 일자리가 좀체 구해지지 않는가 봐요. 우울한가 부던데."

끝의 소리는 기애를 쳐다보며 건네었다. 기애는 못 들은 체하고 있었다.

"하긴 팔이 부자유하니 아무래두 더 힘이 들 노릇이지, 똑똑한 총각이지만……."

"팔요? 팔이 어쨌어요?"

기애는 저도 모르게 소리를 질렀다.

"아냐. 보매는 뭐 아무렇지두 않은데 힘줄을 다쳤다나 어쨌다나 팔꿈[3]을 잘 놀리지 못하더구나. 왼편인 것이 천행이긴 하더라만……."

기애는 제대하였다는 근수의, 좀 싱거운 듯이 입가로 웃는 샌님답던 얼굴을 그려 보았다. 그는 기애의 아버지와 친숙하던 부호의 아들로서 기애의 집이 몰락한 이후로도 여전히 허물없이 드나들고 있었다. 더러 조심스럽고 어렵게 여기기 시작한 것은 장씨뿐이었고, 여학생인 기애는 전락하는 환경에 반비례하듯 점점 더 그에 대해 오만한 자세를 취하였고, 그러나 그것이 근수를 싫어해서는 아니었다. 욱이는 말할 것도 없이 친형이나 된 것처럼 그를 졸라서 여전히 온갖 데를 따라다니곤 하였다. 사변 때 근수는 기애네 집 다락에 숨어 있었다. 그리고 남성으로서 성숙해 가던 그는 확실히 연정의 표시라 볼 수 있는 태도를 기애에게 보였었다. 그러나 그 사랑은 꽃을 피우지 못하였다. 근수의 가족은 근수만을 남기고 전멸하였고, 피난, 근수의 입대, 환도, 기애의 대구행, 하고 너무나 어지러운 변천 가운데 서로의 얼굴조차 보지 못하는 세월이 흘렀다. 한번 장씨가 일선에서 온 편지를 전송해 주었으나 기애는 그것을 뜯지도 않은 채 난로 속에 집어넣어 버렸다. 크리스마스 무렵이었다. 화려한 의상과 불빛과 흰 눈과 그리고 조오와 더불어 소음 속에서 보낸, 기애에게는 앞에도 뒤에도 없을 암담한 크리스마스였다. 지금 그 샌님이 다시 눈앞에 나타난들 나와 무슨 상관이 있으랴. 작은 일에는 신경이 안 미치던, 덤덤하기만 하던 그가 지금은 고생을 한다지만 그렇다고

3 팔꿈치.

자기가 동정을 할 계제도 못 되는 것은 뻔한 이치였다.

그런 일보다는 비나 이제 개어 주었으면 싶었다. 주위가 온통 안개에 두루 말려서 산등성이에 밀집해 산다는 감이 더한 것 같았다. 기애는 장씨의 고무신을 끌고, 문마다 빼꼼빼꼼 내다보는 까만 눈들을 곁으로 흘리면서 총총히 들어앉은 판잣집 곁을 지나쳤다. 찔꺽찔꺽 미끄러지는, 본래는 층계처럼 깎이었던 모양인 황토 샛길을 기어오르니까 뭉클하고 풀 향기가 몰려들었다. 꽃을 떨군 아카시아의 싱싱한 초록, 우거진 잡초. 다리와 치마를 폭삭 적시면서 함부로 쏘다녀보았다. 벌써 어스름 저녁때였다.

산록을 돌면서 곧장 뻗어 온 넓은 길은 여기서는 실낱처럼 가늘어져 가지고 그대로 산허리를 감싸며 기어오르고 있었다. 해방촌의 주민들이 그 길을 따라 속속 돌아오고 있다. 그것은 멀리서 바라보면 일렬의 길고 가는 행렬이 서서히 앞으로 나가는 것 같았다. 기애는 그 길께로 다가가서 젖은 바위 위에 기대어 섰다. 안개 같은 보슬비를 기애가 비라고도 느끼지 않듯이 그들도 한결같이 우장을 갖고 있지 않았다. 그 대신처럼 반찬거리들을 들었다. 지푸라기에 엮어 든 생선 마리, 파, 배춧단. 여인네들 머리 위에는 또 으레 조그만 자루, 상자, 보자기. 놀랍게 빠른 걸음새로 미끄럽고 좁은 산길을 획획 지나간다. 그러면서 동행끼리는 열을 올려 사업 이야기, 장사 이야기를 하는 것이었다. 파고드는 듯한 눈길, 여자고 남자고 힘찬 걸음걸이. 거친 호흡. 똑같은 표정이 어느 몸에나 있었다. 기애는 자기도 그 길로 들어서서 반대쪽으로 거슬러 내려갔다. 길 한편이 깎아지른 듯한 벼랑을 이루어, 까마득한 아래쪽에서 연기같이 안개가 피어오르고, 또 더욱 멀리 펼쳐져 가라

앉으면서 시가지의 지붕들이 내려다보였다. 겨우 한 사람 지나다니리 만큼 산허리로 다가붙으며 휘어진 그 길이 홱 꼬부라지며 잘쑥 끊긴 모서리는 아슬아슬하게 위험하여서, 기애는 늘어진 나뭇가지를 휘어잡고 간신히 옮겨 섰으나 책보를 낀 이 동네 아이들은 장난을 치며 예사로 뛰어넘는 것이었다.

문득 기애는 협곡 사이로 주의를 이끌렸다. 시냇물이 소리치며 굴러 내리는 까마득한 골짜기를 한 소년이 날쌔게 뛰어내리고 있는 것이었다. 바위에서 바위로 원숭이처럼, 아니마치 용수철을 튀기듯 갈지자로 뛰더니 어느 바위 그늘로 숨어 버렸다. 기애는 서서 보고 있었다. 바위 그늘 쪽에서는 물통을 진 사람들이 걸어 나왔다. 동이를 인 계집애도 나타났다. 그들은 조금 더 평탄한 길을 택하려 함인지 한참을 아래로 내려갔다가 뺑 도는 오름길로 들어서는 것이었다. 식수 때문에 야단이라고 언젠가 장씨의 편지에 적혔던 일이 생각났다.

기애는 그냥 서 있었다. 용수철을 튀긴 듯이 민첩하던 소년이 궁금하여서였다.

이윽고 소년이 바위 그늘에서 나왔다. 양철통에 물을 담아 든 모양이었다. 반바지하고 언더셔츠만을 입은 그 소년은 팔에 걸린 중량에도 그다지 제약을 받지 않는 듯 협곡을 똑바로 위로 올라왔다. 돌음길을 위하여 한참을 아래로 내려가지도 않고 곧장 올라왔다. 기애는 혼자 미소하였다. 예기했던 대로였기 때문이었다. 좀 더 자세히 소년을 보았다.

그리고 그녀는 반갑게 소리를 질렀다.

"얘 욱아! 너로구나."

상수리 숲께로 꺾어 들려던 욱이는, 응 누나로군, 하는 듯이 흰 이를 보이고 웃더니 기애가 서 있는 길 위에로 성큼 뛰어올랐다.

"저리루 가는 게 훨씬 가깝지만 옜다 누나하구 같이 가 줬다."

한다.

"그래 얘. 난 너처럼 원숭이가 아니니깐."

기애는 뒤에서 따라가면서 그렇게 지껄여 댔다.

욱이와 이야기를 하고 있으면 어느 때고 마음이 밝아지는 것이었다. 욱이에게는 장씨 앞에서처럼 허세를 부릴 필요가 없었다. 지나치게 남의 눈을 의식하고 남의 맘을 이리저리 미루어 보며 행동을 하는 장씨이기 때문에 반동적으로 이편은 허세를 부리게 되는데 욱이에게는 어느 모로 보나 과잉한 감정이라곤 없는 것 같았다. 그는 모든 일에 적당히 무관심하고, 밝고 건강하였다. 수학에 썩 자신이 있어 하는 그의 두뇌 구조는 수학적으로 치우쳐 있는지도 알 수 없었다. 혹은 드물게 단순 명쾌한, 축복받은 천질을 타고났을까, 하고 기애는 생각하기도 하는 것이었다.

"무겁겠구나. 좀 붙들어 주었으면 좋겠는데."

"아니, 아니 무겁잖어."

"만날 물 긷기 힘들겠다. 정말 미안한걸."

홍 홍 하고 욱이는 코로 웃고,

"어제 체육 시간에 장애물 경줄 하는데, 아 내가 일등을 했겠지. 나아 원."

하였다.

기애는 깔깔거리고 웃었다.

걸음걸이가 잽싼 사람들이 몇이나 옆을 빠져 앞서갔다. 기애는 진정으로

"내가 얼른 또 취직을 해야겠는데."

하면서 어느새 빗발은 걷혔지만 보오얀 수증기로 더욱 축축해진 것 같은 산마루께를 바라다보았다.

"취직도 좋지만 누난 얼른 근수 형님하구 결혼이나 하는 게 좋을걸."

중학교 2학년짜리가 건방진 소릴 한다.

"어머니랑 너랑 어떻게 살래?"

그런 소릴 하지두 말아, 하는 대신 기애는 놀리듯이 말을 하였다.

"으응 그야 당장 곤란하지만."

하고 돌아보고 웃더니,

"누나랑 근수 형님이랑 다 취직하면 그게 그거지 뭐. 근수 형님은 지금 집두 없거든."

엉뚱한 방향으로 이야기가 빗나갔다. 흥 흥 하고 이번에는 기애가 코로 웃었다.

"나두 어쩜 야간 중학으로 옮기구 낮엔 일할까 생각하구 있어."

쪽 곧은 소년의 뒷다리가 번갈아 앞으로 내딛는 모습을 기애는 멍하니 내려다보면서 아무 소리도 하지 않았다. 집께에까지 와서 한꺼번에,

"불가능한 일이야."

하고 혼잣소리처럼 여러 가지 대답을 해치웠다.

욱이는 기애의 눈 속을 흘낏 들여다보고 찔걱거리는 황토막바지를 뻔질나게 달려 내려갔다.

취직 자리를 알아보려고 시내로 들어갔다 나온 기애는 손

끝을 새빨갛게 매니큐어 하고 화장도 옷차림도 눈에 띄게 하고 있었다. 근수 앞이라서 그것에 신경이 쓰인다기보다도 초라한 판잣집 안에 그렇게 하고 앉아 있는 걸맞지 않음이 자기를 괴롭힌다고 기애는 생각했다. 근수의 눈을 감기고 옷을 갈아입을 수도 없지는 않았지만 그런 동작의 유희다움이 지금은 역겨웠다. 근수를 만나면 한번은 맛보아야 한다고 이미 각오하고 있던 스스러움이나 상심의 뒷그림자 같은 것이, 오늘 실지로 그를 대하고 보니까 의외로 격심한 동요를 자기에게 가져왔다는 그 사실에 기애는 초조와 역정까지 느끼고 있었다. 그는 산에나 올라가 보자고 꽤 퉁명스러운 어투로 말하였다.

아카시아 숲 그늘의 가느단 길을 걸었다. 무성한 숲은 외계의 모든 것을 시야에서 가리고 푸른 잎새와 땅 위에 떨어진 동전 무늬의 고요한 햇빛이 있을 뿐이었다. 새소리가 들렸다.

거추장한 페티코트와 귀걸이는 그래도 얼핏 떼어 놓고 나왔지만, 예나 지금이나 근수에게는 그런 일에 신경이 통 안 미치는 모양이었다. 여자의 옷차림 같은 것에는 여전히 무관심한 근수이지만, 그의 속에서 더 중요하고 근본적인 부분에 관하여서는 대단한 변혁이 있었다는 사실을 기애는 그의 얼굴과 그의 몸에서 느끼고 있었다.

너그럽고 무던하고 낙천적인 구석이 싹 하니 없어져 버린 것 같았다. 그는 고뇌의 실체를 보았는지 몰랐다. 그는 사람이 그것에게 이기지는 못하는 것이라고 깨달아 버렸는지 알 수 없었다. 그의 몸과 그의 얼굴 표정은 '절망'인 것 같았다. 기애의 마음을 날카롭게 움켜잡고 놓지 않는 것도 그것이었는지 알 수 없었다.

'이 사람에게는 내가 필요했나 본데 그런데 나는…….'

근수의 왼팔은 말을 잘 듣지 않고, 그는 그것을 쳐들 적에나 쭉 뻗어야 할 적에는 나머지 손으로 받쳐야 하였지만 그래도 그의 균형 잡힌 몸집의 아름다움은 상하지 않고 있었다. 염색한 작업복 소매를 걷어붙이고 있었으나 길쯤길쯤한 사나이의 육체는 매력적이었다.

"대구서는 5공군에 근무했었다구?"

"응."

근무라는 용어가 기애의 귀에 따가웠다.

"난 미군 기관은 싫어."

앞을 본 채 근수는 꽤 세게 그 말을 잘라 하였다. 그것은 기애의 이야기라기보다는 자기 자신이 미군 기관에 취직하기는 싫다는 뜻인 모양이었다. 어느 편이건 기애는 화가 나지도 않아서 웃고 있었다.

"그렇지만 일자리를 구하기란 퍽 힘든걸."

컴컴한 목소리로 그는 그렇게 말하였다. 괴로움이 몸에 밴 듯이 그의 낮은 음성은 몹시 컴컴했다. 기애는 반발을 느꼈다.

'미군 기관이 좀 쉽거들랑 거기 하면 어때서…….'

그렇게 내쏘고 싶어졌다. 그러나 잠자코 있었다.

나무숲이 중단되며 동그란 잔디밭이 한쪽에 나타났다. 오랜 비에 씻긴 신선한 연두색이 기운찬 햇살 아래 환하게 펼쳐 있었다.

잔디밭에서 근수는 문득 발을 멈추었다. 기애를 향해 서며, 자기 마음속을 거기서 헤아리듯 기애의 얼굴을 물끄러미 건너다보는 것이었다. 그러다가 눈이 부신 듯이 깜박거리고 고개를 갸웃하며 웃어 버렸다. 좀 싱거운 듯이 입가로 웃는 옛

버릇이었다.

풀밭 가운데로 걸어 들어갔다. 근수는 또 멈추고 기애의 얼굴을 건너다보았다. 입가로 웃지 않고 눈빛도 아까와 같지 않았다. 그는 두 손으로 기애의 손목을 감싸 쥐었다.

"기애, 그동안 나를 잊었었겠지?"

부드럽고 따뜻한 음성이었다. 넓고 든든한, 기애 가운데의 여성이 저도 모르게 기대어 버릴 듯한 근수의 음성이었다.

"기애, 기애가 알듯이 나는 여러 가지 것을 잃어버렸어. 생각도 전과 달라져서 어떤 신념에 따라 한 노선을 간다는 일도 못 하고 있는 형편이야. 말하자면 비참한 지리멸렬이지. 그렇지만 내게도 단 하나 꼭 가지고 싶다고 생각해 온 것이 있어. 기애, 알아 줄 테지, 내 곁을 떠나지 않겠다고 약속해 줘. 기애, 날 격려해 줘. 내게는 아직도 아마 용기가 있을 거야."

"……."

"기애! 기애!"

근수의 억센 한 팔이 기애의 등을 끌어당겨 자기의 가슴 팍에 묻어 버렸다. 목 언저리에 그의 입김이 뜨거웠다. 기애의 머리는 그의 말을 분석하고 있지 않았다. 그녀는 자기를 마비시킬 듯한 이상한 감각 속에서 숨 가쁘게 허덕이며 혼자 생각을 더듬고 있는 것이었다.

'이건 무얼까, 이건 무얼까.'

남자의 육체를 알고 있다고 생각하였지만 여기에는 판이한 무엇이 있었다. 언젠가 오랜 옛날에, 그렇다, 아마도 사변 그때에 다락 속에 숨은 근수에게서 받은 어떤 강렬한 느낌과 이것은 상통하는 것이었다. 그리고 그때는 온전히 깨닫지 못한 이 느낌이 인생의 진실과 어떤 절대적인 관련이 있는 것인지 몰랐다……. 기애의 머리는 빙글빙글 도는 것이었다. 무슨, 꿈에도 생각지 않은 오산이, 막대한 인생의 가치에 대한 오산이, 자기에게는 있었던 것이 아닌가?

'그렇지만 어차피 일은 죄다…….'

기애는 몸을 비꼬아 근수의 가슴을 떠밀쳤다.

"기애, 나를 밀어 던지면 안 돼! 날 사랑해 줘."

목소리가 되지 않는 목소리로 속삭이며 근수는 자기의 얼굴로 기애의 그것을 덮었다.

꼭 무례한 짓을 당하고 화를 낸 사람처럼 기애는 어디다 분풀이를 해야 할지 모르는 표정이었다. 그리고 사실 기애는 화가 나 있기도 했다.

바보! 바보! 난 자격이 없어요, 하고 내 입으로 설명을 안 하면 못 알아보나. 바보, 바보. 그렇잖으면 날더러 내가 그 모양이었는데도 아마 괜찮을 거라는 기대를 가져보라는 말인가. 바보. 등신!

집에 돌아왔으나 방에 들어가지도 않고 담장 앞 평상 위에 두 다리를 내던진 기애는 내내 외면을 한 채로였다. 실오라기 같은 무궁화나무 곁에 버티고 선 근수는 그런 기애의 옆얼굴을 깜빡도 하지 않고 뚫어지게 바라다보고 있었다.

나를 경멸하고 있는가? 아무것도 가지지 않은, 팔조차 이렇게 되어 버린 나를. 흠, 그럴 테지, 그것은 당연한 노릇이다.

근수의 입가에 눈물보다 더 아픈 미소가 어리는 것을 기애는 보았다. 기애는 더 이상 견딜 수 없었다. 그의 초라함, 그의 설움이 가슴에 저릿저릿 애달파서, 그 새까맣게 타고 수척한 얼굴을 가슴에 안고 실컷 울고 싶었다. 기애는 평상에서 벌떡 일어났다. 그러나 그녀는 고작 방으로 들어가서 양말이며 스커트를 난폭하게 벗어 던질 따름이었다. 그리고 다른 옷들을 주워 걸쳤다. 그 모양은 마치 근수의 손에 닿았던 모든 것을 일시라도 빨리 몸에서 벗겨 버리려고 하는 듯 보였다.

무궁화나무께에서 근수는 옷자락이며 기애의 팔다리가 힐끗힐끗 나타나는 방문 쪽을 여전히 옴짝도 안 하고 응시하고 있었다. 그의 입가에는 이제 미소도 떠 있지 않았다. 그는 다만 기애의 모든 모습을 뇌리에 깊이 새길 필요라도 있다는 듯이 응시를 계속할 따름이었다.

그들의 서슬에 가슴이 무너지게 놀란 것은 장씨였다. 그녀는 찾아온 근수가 무한히 반가웠고, 산에랑 함께 나가는 것을 보고는 분주히 음식상을 마련하면서 이것들이 언제 오나, 욱이도 그만 돌아왔으면 하고 언제 없이 마음이 환했던 것이었다. 장씨는 기애더러 제발 웃는 낯을 보여 달라고 간청하고 싶었으나 그러지도 못하고 근수 편만 몇 번 살피다가 그것도 어려워 그만 부엌 속으로 들어가 버렸다.

"이 애가 왜 여태 안 오누."

장씨는 부뚜막 앞에 서서 공연히 큰 소리로 그렇게 투덜대듯 하였다.

마침내 근수는 좀 진정이 된 낯빛으로 방문 앞으로 걸어왔다. 그는 기애에게 하여간 화는 내지 말아 달라고 상냥한 인사말이라도 남기고 싶었는지 알 수 없었다. 그러나 방 안을 들여다본 그는 아무 말도 하지 못했다. 욱이의 책상 위에 버릇 사납게 걸터앉은 기애는 담배 연기를 후욱 내뿜고 있는 것이었다. 담배를 끼고, 저리 자기 턱을 괸 손가락 끝에 길고 빨간 손톱이 표독스러웠다.

근수는 말없이 돌아섰다.

외면을 한 기애의 두 뺨 위로 굵다란 눈물이 흐르고 있었으나 물론 근수에게 그것을 알릴 필요는 없었을 것이었다.

장씨는 기애와 이야기를 하는 일이 거의 없어졌다. 그녀에게는 딸의 일이 결국 알 수 없어진 것이었다. 무언지 서글프고 믿을 곳 없는 허전함이 예전부터 변함없는 그녀의 차지였다. 운명에 따라 모든 것이 진행되느니라고 그녀는 진작부터 체념하고 있었다. 그리고 그녀 자신의 운명은 남과 같이 밝은 것일 수는 결코 없었고 그 운명에 불만을 품지 말아야 하는 것이 하느님의 뜻이었다. 장씨는 더욱 부지런히 교회에 다녔다.

욱이는 슬픔이 깃들인 눈초리로 기애를 가만히 보고 있을 때가 없지 않았지만 말을 걸면 언제나 적당히 명랑한 목소리로 응수하는 것이었다. 어려움에 두루 말리지 않는 사기그릇 같은 매끄러움이 그의 구원일지도 몰랐다.

단지 2만 5000환의 일자리였지만 기애는 취직을 하였다. 어째서인지도 모르는 도가 넘친 진지함을 가지고 기애는 그 무역 회사 일을 열심히 보았다. 어느 날 욱이의 도시락을 쌌던 신문지 구석에서 기애는 조그만 기사를 발견하였다.

'청년이 염세 자살. 넉 달 전에 제대한 육군 중위가.'

이런 제목이었다.

그의 체취도 그의 입김도 느껴 볼 길 없는 무정하고 생경한 전갈이었지만 그것의 주인공은 근수가 틀림없었다.

기애는 기사를 찢어서 백 속에 넣었다.

조금 후에 그녀는 눈이 부시게 난한 차림으로 용산에 있는 미군 장교 구락부 앞에 나타났다. 다짜고짜로 책임자를 찾아 자기에게 일거리를 달라고 부탁하였다.

　노래도 하고 춤도 곧잘 추지요. 타이프는 물론 비서의 경험도 없지 않아요. 신체검사표를 내일 가져올까요?

　술 취한 것처럼 대드는 기애에게 능글능글한 미국인은 배를 흔들며 웃었다. 그 밤으로 취직이 되지는 않았지만 기애는 그 장교와 스윙을 추었다. 그리고 마티니를 반병이나 마셨다. 굽이 삼 인치나 되는 금빛 구두를 그녀는 신고 있었다.

　"보아, 보아."

　창턱에다 팔꿈치를 짚고 앉아 기애는 개를 불렀다. 까만 셰퍼드인 보아는 기애가 여지껏 본 개 중에서 으뜸 사나운 짐승이었다. 담 밖에서 부스럭 소리만 나도 공연히 날뛰면서 으르렁대었다. 뜯어 물듯이 날뛰는 그 사나운 소리에는 타협도 자비도 있을 수 없고 그저 무정한 맹렬함이 있을 뿐이었다. 기애는 그놈의 흉포한 모습을 보고 그 소리를 듣길 좋아한다.

　"당신은 언제든지 명령이 내리면 본국으로 휘딱 날아가 버릴 테지만 나중 일을 두려워할 건 조금도 없어요."

　하얀 데이지가 흩어져 핀 정원으로 내려서면서 기애는 뚱보 미국인 장교 구락부의 하리에게 웃어 보이는 것이었다.

　"보아가 날 지켜 줄 테니깐요. 도적으로부터 못난 녀석들로부터 그리고 꼬부랑 할머니들 눈과 입으로부터……."

　뚱뚱보 하리는 이런 소리를 들을 때면 짐짓 성실한 낯빛을 지으면서 오오 자기가 그럴 수 있으리라고 생각해서는 안 된다고 하는 것이었다. 기애는 손가락을 하나 세우고서 애당초 곧이듣지 않는다고 말하지만 그러한 그녀의 눈 속은 조금도 그늘져 있지 않았다. 앞가슴만을 조금 가린 선드레스의 두

다리를 쭉 펴고 보릿짚 샌들로 힘차게 땅을 딛고 서 있는 그녀는, 투명한 남빛 유리 같은 여름 하늘 속에 자기의 투지(鬪志)를 바라보고 있는지도 알 수 없었다. 기애는 튼튼해지고 어여뻐져 있었다.

어머니 장씨가 검버섯이 새까맣게 돋은 얼굴로 기어오듯 맥없이 돌아오는 모습을 하리와 함께 탄 차 속에서 보는 일도 있었다. 무슨 산엔가 기도한다고 올라가면 며칠씩 돌아오지 않는다는 장씨였다. 작은 책보를 옆구리에 낀, 그날도 기도하러 갔다 오는 걸음인지 몰랐다.

길을 가득 차지하는 자동차 때문에 한옆으로 우두커니 비켜섰으나 눈은 먼 곳을 향하고 있었다.

하리가 그렇게 주장하였다고 해서 해방촌 가는 길목 집을 사게끔 버려 둔 무신경의 탓으로 장씨가 항용 그 앞의 큰길은 피하여 멀고 가파른 돌음길로 다니고 있다는 소식은 기애의 마음을 자극하였다.

그러나 기애는 웃었을 뿐이었다.

욱이는 간혹 가다 들러 주었다. 지나치게 촉각을 움직이지 않고, 그저 반갑게 누이를 보고 간다는 그의 태도는 여전히 단순한 것이었다.

"어머니는 그게 좋아서 만날 가시는 걸 테니까 넌 별 걱정은 말려무나."

"응 그다지 걱정은 안 해. 해도 소용이 없으니까. 그런데 말이야, 난 학교두 멀구 밤낮 어머니가 안 계셔서 점심두 못 싸 가지구 가구, 그래서 기선이 할머니 집에 하숙이나 할까 생각하구 있는데……."

그런 소리를 하는 욱이는, 그러고 보니 좀 여위고 혈색이
안 좋았다.

"기선이 할머니? 기선이는 지프차에 치어서 죽었다며?"

"응 버얼써 전에. 일 년두 넘었지. 기선이 할머니가 자꾸
와 있으라는데 어쩔까?"

기애는 어머니만 오케이 하거든 그러려무나 하였다. 기선
네는 설마하니 판잣집에서는 안 살 터이고 그것만으로도 욱
이에게는 이로우리라 생각되었다.

"응, 어머니는 좋을 대루 하라구 그러셔. 지금 예배당 생
각밖에는 없으시거든."

그렇게 말하고 욱이는 조금 웃었다.

"그럼 됐네."

"그런데…… 아마 한 6000환 하숙비를 내야 할 거야. 안
받는다구 그럴 테지만."

"그럼 내야 하구말구. 내지 뭐."

"그런데……."

욱이는 판단을 지을 수 없다는 듯이 망설이는 눈초리로
기애를 쳐다보았다. 기애는 그의 맘속을 이해하였다. 그것은
옳은 일일까 하고 욱이의 머리가 궁리를 하고 있는 것이었다.
부모에게서 떳떳이 받아 쓰는 학비도 아니요, 말하자면 색다
른 생활을 하는 누나가 주는 돈이었다. 학교에 드는 것은 어쩔
수 없다 치고 그 이상의 요구가 자기로서 옳은 일일까 그른 일
일까. 이런 주저로움이, 그러나 욱이의 경우에는 그저 의문으
로 떠오르는 것이었다. 억압된 수치감이나 이지러진 자존심
을 동반하지 않는 까닭에 진흙 구렁에 빠진 것 같은 부담을 쌍
방에 주지 않는 것이었다.

기애는 조금 생각하고 나서 대답했다.

"하리한테 의논해서 네 한 달 학비를 정하기루 하자. 저두 꼭 너만 한 동생이 있다나. 자꾸 널 이리 데려오라구 그러길래 어림두 없다구 기숙사에 넣어야 한다구 그래 두었지."

기애의 이야기는 정말이었다.

그러나 정말이 아니라도 무방하였다. 욱이가 똑바로 자라나 주는 것만이 여기서 필요한 일이었다.

똑바로 자라나다오. 그것은 누나처럼, 근수처럼 그리고 어머니처럼 되지 않는 일이다. 다른 무슨 방법을 발견하는 일이다. 너는 그것을 해낼 소질이 있을 듯해 보인다…….

보아와 잠깐 장난을 치다가 돌아가는 욱이의 뒷모습을 보면서 기애는 이번에는 또 뚱딴지같은 생각을 하는 것이었다.

'하리가 지금 당장 어디루 가 버린댔자 나는 꿈쩍도 하지 않을걸. 백 번 팽개쳐진댔자 꿈쩍도 하지 않을걸…….'

젊은 느티나무

1

그에게서는 언제나 비누 냄새가 난다.

아니, 그렇지는 않다. 언제나라고는 할 수 없다.

그가 학교에서 돌아와 욕실로 뛰어가서 물을 뒤집어쓰고 나오는 때면 비누 냄새가 난다. 나는 책상 앞에 돌아앉아서 꼼짝도 하지 않고 있더라도 그가 가까이 오는 것을 — 그의 표정이나 기분까지라도 넉넉히 미리 알아차릴 수 있다.

티셔츠로 갈아입은 그는 성큼성큼 내 방으로 걸어 들어와 아무렇게나 안락의자에 주저앉든가, 창가에 팔꿈치를 짚고 서면서 나에게 방긋 웃어 보인다.

"무얼 해?"

대개 이런 소리를 던진다.

그런 때에 그에게서 비누 냄새가 난다. 그리고 나는 나에게 가장 슬프고 괴로운 시간이 다가온 것을 깨닫는다. 엷은 비누의 향료와 함께 가슴속으로 저릿한 것이 퍼져 나간다……

이런 말을 하고 싶었던 것이다.

"뭘 해?"

하고 한마디를 던져 놓고는 그는 으레 눈을 좀 더 커다랗게 뜨면서 내 얼굴을 건너다본다.

그 눈동자는 내 표정을 살피려는 것 같기도 하고 어쩌면 그보다도 나에게 쾌활하게 웃고 떠들라고 권하는 것 같기도 하다. 또 어쩌면 단순히 그 자신의 명랑한 기분을 나타내는 것에 불과한지도 모른다.

어느 편일까?

나는 나의 슬픔과 괴로움과 있는 대로의 지혜를 일점에 응집시켜 이 순간 그의 눈 속을 응시하지 않을 수 없다.

나는 알고 싶은 것이다.

그의 눈 속에 과연 내가 무엇으로 비치는가?

하루해와 하룻밤 사이, 바위를 썻는 파도 소리같이 가슴에 와 부딪고 또 부딪고 하던 이 한 가지 상념에 나는 일순 전신을 불살라 본다.

그러나 매일 되풀이하며 애를 쓰지만 나는 역시 알 수가 없다. 그의 눈의 의미를 헤아릴 수가 없다. 그래서 나의 괴로움과 슬픔은 좀 더 무거운 것으로 변하면서 가슴속으로 가라앉아 버리는 것이다.

그리고 다음 찰나에 나는 그만 나의 자연스러운 위치 — 누이동생이라는, 표면으로 보아 아무 스스럼도 불안정함도 없는 나의 위치로 돌아가 있지 않으면 안 된다는 사실을 깨닫는다.

"이제 오우?"

나는 이렇게 묻는다. 그가 원한 듯이 아주 쾌활한 어투로.

이 경우에 어색하게 군다는 것이 얼마만 한 추태인가를 나는 알고 있다.

내 목소리를 듣고는 그도 무언지 마음 놓았다는 듯이,

"응, 고단해 죽겠어. 뭐 먹을 거 좀 안 줄래?"

두 다리를 쭈욱 뻗고 기지개를 켜면서 대답을 한다.

"에에, 성화라니깐. 영작 숙제가 막 멋지게 써져 나가는 판인데……."

나는 그렇게 투덜거려 보이면서 책상 앞에서 물러난다.

"어디 구경 좀 해. 여류 작가가 될 가망이 있는가 없는가 보아 줄게."

그는 손을 내밀며 몸까지 앞으로 썩 하니 기울인다.

"어머나, 싫어!"

나는 노트를 다른 책들 밑에다 잘 감추어 놓은 후 아래층으로 내려가서 냉장고 문을 연다.

뽀오얗게 얼음을 내뿜은 코카콜라와 크래커, 치즈 따위를 쟁반에 집어 얹으면서 내 가슴은 비밀스러운 즐거움으로 높다랗게 고동치기 시작한다.

그는 왜 늘 내 방에 와서 먹을 것을 달라고 할까? 언제나 냉장고 앞을 그냥 지나 버리고는 나에게 와서 달라고 조른다.

어떤 게으름뱅이라도 냉장고 문을 못 열 까닭은 없고, 또 누구를 시키는 것이 좋겠다면 부엌 사람들께 한마디 하는 편이 나을 것이다.

군소리를 지껄여 대거나 오래 기다리게 하거나 그러지 더라도 줄곧 먹을 것을 엎지르거나 내려뜨리거나 하는 나를 움직이기보다는 쉬울 것이 확실하다.

(어쩐 셈인지 나는 이런 따위 일이 참말 서툴다. 좀 얌전하고 재빠

르게 보이려고 하여도 도무지 그렇게 되지를 않는다.)

쟁반을 들고 돌아와 보면 그는 창밖의 덩굴장미께로 시선을 던지고 옆얼굴을 보이며 앉아 있다.

무엇을 생각하는지, 내가 곁에 있을 때는 보이지 않는 조용히 가라앉은 눈초리를 하고 있다. 까무레한 피부와 꽤 센 윤곽을 가진 그의 얼굴을 이런 각도에서 볼 때 나는 참 좋아진다. 나에게는 보이려 하지 않는 혼자만의 표정도 무언지 가슴에 와 부딪는다.

그의 머리통은 아폴론의 그것처럼 모양이 좋다. 아주 조금 곱슬거리는 머리카락이 몇 올 앞이마에 드리워 있다.

"곱슬머리는 사납다던데."

언젠가 그렇게 말하였더니,

"아니, 그렇지 않아. 숙희, 정말 그렇지 않아."

하고 그는 진심으로 변명을 하려 드는 것이었다. 나는 그저 농담을 하였을 뿐이었는데…….

오늘도 그는 그렇게 내 방에서 쉬고 나더니,

"정구 칠까?"

하며 자리에서 일어섰다.

"응."

"아니 참, 내일부터 중간시험이라구 하잖았던가?"

"괜찮아, 그까짓 거…….."

사실 시험이고 무엇이고 없었다. 나는 옷장 서랍을 덜컹거리며 흰 쇼트와 감색 셔츠를 끄집어내었다.

"괜히 낙제하려구."

하면서도 그는 이내 라켓을 가지러 방을 나갔다.

햇볕은 따가웠으나 나뭇잎들의 싱싱한 초록 사이로 서늘

한 바람이 지나가곤 한다. 우리는 뒷산 밑 담장께로 걸어갔다. 낡은 돌담의 좀 허수룩한 귀퉁이를 타고 넘어서 옆집 코트로 미끄러져 들어간다.

옆집이라고 하는 곳은 구왕가에 속한다는 토지의 일부인데 기실 집이라고는 까마득히 떨어져서 기와집이 두어 채 늘어서 있고 이쪽은 휘영하니 비어 있는 공터였다. 그 낡은 기와집에 사는 사람들은 이 공터를 무슨 뜻에선지 매일 쓸고 닦고 하여서 장판처럼 깨끗이 거두어 오고 있었다.

"아깝게시리…… 테니스 코트나 만들면 좋겠는데. 응, 그러면 어떨까?"

어느 날 돌담에 가 걸터앉아서 내려다보던 끝에 그런 제의를 했다.

처음에 그는 움직이려 들지 않았으나 결국 건물께로 걸어가서 이야기를 해 보았다.

이튿날 우리는 석회를 들고 가 금을 그었다. 또 며칠 후에는 네트를 치고 땅을 깎아 내어서 아주 정식으로 코트를 만들어 버렸다.

그렇게까지 할 줄은 몰랐을 주인이 야단을 치면 걷어 버리자고 주춤거리며 일을 했는데 호호백발의 할아버지인 그 집주인은 호령을 하지 않을뿐더러 가끔 지팡이를 끌고 나와 플레이를 구경하는 것이었다.

이렇게 나이 많은 노인네의 표정은 언제나 나에게는 판정하기 어려운 것이지만 특히 이 할아버지의 경우는 그러하였다. 구태여 말한다면 웃는 것 같기도 하고 신기해하는 것 같기도 했지만, 또 동시에 하늘 밖의 일을 생각하는 듯 아득해 보이기도 하였으니 기묘했다.

한두 번은 담을 넘는 나의 기술을 적이 바라보고 분명히 무슨 말을 할 듯이 하더니 그만 입을 봉하고 말았다. 말을 해 봤자 들을 법하지도 않다고 짐작을 대었는지 알 수 없었다. 어쨌든 그곳은 아주 좋은 우리의 놀이터인 것이었다.

물리학 전공의 그는 공부에도 상당히 몰리고 있는 눈치였으나 운동을 싫어하는 샌님도 아니었다.

테니스를 나는 여기 오기 전에도 하고 있었지만 기술이 부쩍 는 것은 대부분 그의 덕분이다. 그가 내 시골 학교의 코치보다도 훌륭한 솜씨를 갖고 있음을 알았을 때의 나의 만족이란 이루 말할 수도 없는 것이었다.

머리가 둔한 사람을 나는 도저히 좋아할 수 없지만 또 운동을 전혀 모른다는 사람도 매력적이라고 생각할 수 없다. 스포츠는 삶의 기쁨을 단적으로 맛보여 준다. 공을 따라 이리저리 뛰면서 들이마시는 공기의 감미함이란 아무것에도 비할 수 없다.

나는 오늘 도무지 컨디션이 좋지가 못하였다. 이렇게 엉망진창인 때는 엉망진창인 대로, 또 턱없이 좋으면 좋은 그대로 적당히 이끌고 나가 주는 그의 솜씨가 적이 믿음직해질 따름이었다.

"와아, 참 안된다. 퇴보 일로인가 봐."

"괜찮아. 아주 더워지기 전에 지수랑 불러서 한번 시합을 할까?"

하늘이 리라빛으로 물들 무렵 우리는 볼들을 주워 들고 약수터께로 갔다.

바위틈으로 뿜어 나오는 물은 이가 시리도록 차갑고 광물질적으로 쌉쓰름하다.

두 손으로 표주박을 만들어 떠내 가지고는 코를 틀어박고 마신다. 바위 위로 연두색 버들잎이 적이 우아하게 늘어지고 빨간 꽃을 다닥다닥 붙인 이름 모를 나무도 한 그루 가지를 펼친 것으로 보아, 이런 마심새를 하라는 샘터는 아닌 모양 같지만 우리는 늘 그렇게 하여 왔다.

"약수라니까 많이 마셔. 약의 효험이나 좀 볼지 아나."

"뭣 땜에?"

"뭣 땜에는. 정구 좀 잘 치게 되나 보려구 그러지."

이렇게 시끌덤벙 떠들던 샘가였다.

그런데 오늘 바위 언저리에는 조그만 표주박이 하나 놓여 있었다. 필시 그 할아버지가 갖다 놓아 준 것이 분명하였다.

"오늘부터 얌전히 마셔야 해."

"산신령님이 내다보신다."

정말 한동안 음전하게 앉아서 쉬었다. 그리고 그는 허리를 굽혀 표주박으로 물을 떴다. 그는 그것을 내 입가에 대어 주었다. 조용한, 낯선 표정을 하고 있었다. 나에게는 보이는 일이 없는 자기 혼자만의 얼굴의 하나인 것 같았다.

나는 아주 조금만 마셨다. 그리고 얼굴을 들어 그를 바라보고 있었다. 그는 나머지를 천천히 자기가 마셨다.

그리고 표주박을 있던 자리에 도로 놓았으나 아주 짧은 사이 어떤 강한 감정의 움직임이 그 얼굴을 휘덮은 것 같았다. 그는 내 쪽을 보지 않았다.

나는 돌연 형언하기 어려운 혼란 속에 빠져들어 갔으나 한 가지의 뚜렷한 감각을 놓쳐 버리지는 않았다. 그것은 기쁨이었다.

나는 라켓을 둘러메고 담장께로 걸어갔다.

'오빠.'

그는 나에게는 그런 명칭을 가진 사람이었다.

'오빠.'

그것은 나에게 있어 무리와 부조리의 상징 같은 어휘다.

그 무리와 부조리에 얽힌 존재가 나다.

나는 키보다 높은 담장 위에서 뛰어내렸다. 그리고 뒤도 안 돌아보고 정원 안을 걸어갔다.

운동화를 벗어 들고 맨발로 걷는다. 까실까실하면서도 부드러운 잔디의 촉감이 신이나 양말을 신고 디딜 생각은 나지 않게 한다.

"발바닥에 징을 박아 줄까? 어디든지 구두 안 신고 다니게 말야."

그는 옆에 있는 때면 이런 소리를 한다.

"맨발로 풀 위를 걸으면 고향에 온 것 같아. 아니, 내가 나 자신에게 돌아온 것 같은 그런 맘이 드는걸⋯⋯."

나는 중얼중얼 그런 소리를 지껄이는 것이나 저녁 이맘때가 되면 별안간 거의 수습할 수 없을 만큼 감정이 엉클리곤 하므로 그 뒤로는 완고 덩어리 할멈처럼 입을 봉하고 아무런 대꾸도 하질 않는다.

시무룩해 가지고 테라스 앞에 오면 — 그 안 넓은 방에 깔린 자색 양탄자, 여기저기에 놓인 육중한 가구, 그 속에 깃들인 신비한 정적, 이런 것들을 넘겨다보면 그리고 주위에 만발한 작약, 라일락의 향기, 짙어진 풀내가 한데 엉켜 뭉긋한 이곳에 와서 서면 — 나는 내 존재의 의미가 별안간 아프도록 뚜렷이 보랏빛 공기 속에 떠 있음을 보는 것이다.

내가 잠시 지녔던 유쾌함과 행복은 끝내 나의 것일 수는 없고, 그것은 그대로 실은 나의 슬픔과 괴로움이었다는 기묘한 도착(倒錯)을 나는 어떻게도 처리할 길이 없다.

오누이…….

동생…….

이런 말은 내 맘속에서 혐오와 공포를 자아낸다.

싫다.

확실히 내가 느껴 온 기쁨과 즐거움은 이런 범주 내에서 허용될 수 있는 것이 아니었다.

날마다 경험하는 이 보랏빛 공기 속에서의 도착은 참 서글픈 감촉을 갖고 있었다. 나는 그의 곁에 더 오래 머무를 용기조차 없어진다.

검은 눈을 껌뻑이면서 그는 또 농담이라도 할 것이다. 내게 더 웃고 더 쾌활해지라고 무언중에 명령할 것이다.

그가 내게 해 줄 수 있는 일은 그것뿐이다.

오늘 나는 가슴속에 강렬한 기쁨을 안았던 까닭에 비참함도 더한층 큰 것만 같았다.

나는 그곳에 한동안 서 있었다. 그리고 볼을 불룩하니 해 가지고 마루로 올라갔다.

번들거리는 마룻바닥에 부연 발자국이 남아난다. 그렇게 마루가 더럽혀지는 것이 어쩐지 약간 기분 좋다. 몸을 씻고는 옷을 갈아입으면서 창으로 힐끗 내다보았더니 그는 등나무 밑 걸상에 앉아 있었다. 무릎 위에 팔꿈을 짚고 월계 숲게로 시선을 던진 모양이 무언지 고독한 자세 같아 보였다. 그도 조금은 괴로운 것일까? 흠, 그러나 무슨 도리가 있담? 까닭 없이 그에 대해 잔인해지면서 나는 그렇게 혼잣말을 하였다.

나는 방에 불도 켜지 않고 밖에서 보이지 않을 구석에 가만히 앉아 내다보고 있었다. 주위가 훨씬 어두워진 후에 그는 벤치에서 일어났다. 그리고 사라지기 전에 한참 내 창문께를 보며 서 있었다.

나는 어느 때까지나 불을 켜지 않았다.

저녁을 먹으러 내려가지도 않았다.

그 대신에 그가 마시다 둔 코크의 잔을 집어 들었다. 그리고 가만히 입술을 대었다. 아까 그가 내가 마신 표주박에 입술을 대었듯이……

2

'그'를 무어라고 부르면 마땅할까.

오빠라고 불러야 한다는 것이 나의 운명이다.

재작년 늦겨울 새하얀 눈과 얼음에 뒤덮여서 서울의 집들이 마치 얼음사탕처럼 반짝이던 날, 무슈 리에게 손목을 끌리다시피 하며 이곳에 도착한 나에게 엄마는 그를 이렇게 소개했다.

"숙희의 오빠예요. 인사를 해. 이름은 현규라고 하고."

저 진보랏빛 양탄자 위에 서서 나는 그의 얼굴을 바라보았다.

"이과 대학의 수재란다. 우리 숙희두 시골서는 꽤 재원이라고들 하지만 서울 왔으니까 좀 어리벙벙할 테지. 사이좋게 해 줘요."

엄마의 목소리는 가벼웠으나 눈에는 두려움이 어려 있는 것 같았다. 엄마는 열심히 청년의 두 눈을 주시하고 있었다.

브이넥의 다갈색 스웨터를 입고 그보다 엷은 빛깔의 셔츠 깃을 내보인 그는, 짙은 눈썹과 미간 언저리에 약간 위압적인 느낌을 갖고 있었으나 큰 두 눈은 서늘해 보였고, 날카로움과 동시에 자신(自信)에서 오는 너그러움, 침착함 같은 것을 갖고 있는 듯해 보였다. 전체의 윤곽이 단정하면서도 억세고, 강렬한 성격의 사람일 것 같았다. 다만 턱과 목 언저리의 선이 부드럽고 델리킷(delicate)하여 보였다.

'키도 어깨 폭도 표준형인 듯하고…… 흐응, 우선 수재 비슷해 보이기는 하는걸…….'

하고 나는 마음속으로 채점을 하였다. 물론 겉보매만으로 사람을 평가할 만큼 나는 어리석은 계집애는 아니었지만.

내가 그의 눈을 쏘아보자, 그는 눈이 부신 사람 같은 표정을 하면서 입술 한쪽으로 조금 웃었다. 그것은 약간 겸연쩍은 것 같기도 하였지만 혼자 고소(苦笑)하고 있는 것같이도 보였다. 자기를 재어 보는 내 맘속을 환히 들여다보는 때문일까? 그러자 나는 반대로 날카로운 관찰을 당하고 있는 듯한 긴장을 느꼈다.

그러나 그는 지극히 단순한 태도로,

"참 잘 왔어요. 집이 이렇게 너무 쓸쓸해서 아주 좋지 못했는데……."

하고, 한 손을 내밀어서 내 손을 잡았다.

나를 도무지 어린애로만 보았다는 증거일 게고, 또 아마 엄마의 감정을 존중한 결과였을 것이다.

아닌 게 아니라 엄마의 얼굴에는 일순 안도와 만족의 표정이 물결처럼 퍼져 갔다. 나는 이 청년이 엄마에게 어떤 존재인지를 짐작하였다. 말하자면 그들 인공적(?)인 모자 관계에서는 항상 세심한 배려가 상호 간에 베풀어져야 하는 것이다.

무슈 리는 매우 대범한 성질이어서 만사를 복잡하게 받아들이지는 않는 것 같았다. 그는 그저 미소를 띠고 우리를 바라다볼 뿐이고, 내가 고단하리라는 소리를 몇 번이나 하였다.

어쨌든 그는 그로부터 나를 숙희라고, 쉽고도 간단하게 불러오고 있다.

"헤이, 숙!"

하기도 한다. 그리고 나에게 무조건 관대하였다. 지나칠 만큼. 그래서 때로는 섭섭할 만큼.

그러므로 그가 이즈음 내 방에 와서 배가 고프다고 한다거나 손 같은 데에 약을 발라 달라고 하게 된 일은 나에게 대단히 귀중한 변화인 것이다.

그것은 어쨌든 내 편에서는 그를 오빠라고는 도저히 부를 수 없었다. 처음에는 너무 생소하여서, 그리고 나중에는 또 다른 이유들로.

이것은 무슈 리를 아버지라고 부르기 어렵기보다는 몇 갑절이나 힘든 일이었다. 나는 자기가 대단한 고집쟁이인지, 또는 부끄럼쟁이인지 분간할 수 없다. 나의 이런 곤란을 그도 엄마도 어느 정도 알고는 있는 모양으로 요즈음은 내가 그 말을 피하려고 이리저리 애를 쓰지 않고도 적당한 대답을 할 수 있도록 저편에서 고려하여 말을 걸어 준다. 이런 의미에서 사양 없이 나를 곤경에 몰아넣곤 하는 것은, 그러니까 무슈 리 한 사람뿐이다.

서울 와서 일 년 남짓 지내는 새에 나는 여러모로 조금씩 달라진 것 같다. 멋을 내는 방법도 배웠고, 키가 커지고 살결도 희어졌다. 지난 4월에는 '미스 E여고'에 당선되어서 하루

동안 학교의 퀸 노릇을 하였다. 바스트가 약간 모자랄 거라고 나는 생각하고 있었는데 압도적으로 표가 많이 나와서 내가 오히려 놀랐다. 엄마는 좋아서 어쩔 줄 몰랐고, 무슈 리는 기막히게 비싼 손목시계를 사 주었다.

그는 별말을 하지 않았다. 농담조차 하지 않았다. 축하한 다고 한 번, 그것도 아주 거북살스러운 투로 말하고는 무언지 수줍은 것 같은 얼굴을 하고 있었다. 그런 모습을 보니까 나는 썩 기분이 좋았다.

나는 성질도 조금 달라져 온 것 같다. 동무도 많았고 노래도 잘 부르던 시골 시절보다 조용한 이곳에서 더 감정이 격렬해진 것 같다.

삶의 기쁨이라는 말을 나는 이제 이해한다.

이 집의 공기는 안락하고 쾌적하고, 엄마와 무슈 리와의 관계로 하여 약간 로맨틱한 색채가 감돌고 있기도 하다.

서울 중심에서 떨어진 S촌의 숲속의 환경도 내 마음에 들고 무슈 리가 오래전부터 혼자 살아왔다는, 담쟁이덩굴로 온통 뒤덮인 낡은 벽돌집도 기분에 맞는다.

그는 엄마에게 예절 바르고 친절하고, 무슈 리는 내가 건강하고 행복스러운 얼굴만 하고 있으면 어느 때고 지극히 만족해한다. 그는 어느 사립 대학의 경제학 교수인데 약간 뚱뚱하고 약간 호인다워 보인다. 불란서와 아무 관계도 없는 그를 무슈라고 내가 속으로 부르는 까닭은 어느 불란서 영화에서 본 한 불쌍한 아버지의 모습과 그가 닮았기 때문이다. 무슈 리는 불쌍하지는 않다. 오히려 지금은 참 행복하다. 그러나 이렇게 호의 덩어리 같은 사람은 자칫하면 — 주위가 나쁘면 — 엉망으로 불행해질 것같이 보이는 것이다.

괴테의 베르테르 같은 청년의 비극에는 날카로운 아름다움이 있다. 그러나 우리 무슈 리 같은 타입의 슬픔에는 오로지 비참만이 있을 듯하다…….(우리 엄마가 그의 곁에 와 준 것은 그러니까 얼마나 다행한 일이었을까!)

엄마는 줄곧 집에만 들어앉아 있으나 행복해 보였고 예부터의 특징이던 부드러운 목소리가 한층 더 부드러워진 것 같다. 다만 엄마는 엄마의 행복에 대해서 한편으로 죄스러움 같은 것을 느끼고 있는 듯한 눈치로서, 그래서 바깥으로 나다니지도 않고 큰 소리로 웃는 일도 없는 것 같았다. 그러나 그녀는 늘 고운 옷을 입고 있었고 엷게 화장을 하고 있었다. 이 일도 내 마음에 흡족하였다.

그러나 이곳에는 뜻하지 않은 괴로움이 또한 있었다. 현규에 대한 감정은 언제나 내 맘을 무겁게 한다. 너무나 고통스럽게 여겨질 때에는 여기 오지를 말았더라면 하고 혼자 중얼대는 일도 있다. 그러나 그 생각은 오래가지 않는다. 나는 만약 내 생애에서 한 번도 그를 만나는 일 없이 죽고 말 경우라는 것을 생각해 보면 가슴이 서늘해지기까지 한다. 아무 일도 이루어지지 않아도 좋았다. 나는 그를 만났다는 일만으로 세상의 어느 여자보다도 행복한 것이다. 그의 곁에서 호흡하고 있는 기쁨을 무엇으로 바꿀 수 있을까?

그러나 나는 여전히 슬프고 초조한 것도 사실이다. 정직히 말한다면 내 기분은 일 분마다 달라진다.

무슈 리가 요즘 외국을 여행 중인 것은 내게는 하나의 구원과도 같다.

아침마다 행복 그것 같은 얼굴로 인사를 하지 않아도 좋고 저녁마다 시간에 식당에 내려가지 않아도 좋기 때문이다.

"들어오실 때까지 눈감아 줘, 응 엄마. 시간 지키는 거 나 질색인 줄 알잖우? 먹고 싶은 때 먹고 안 먹고 싶은 때 안 먹고 그럴게, 응?"

무슈 리가 떠나는 즉시로 나는 엄마에게 이렇게 교섭을 하였다. 사실 현규의 얼굴을 보는 일이 두려운 때가 점점 잦아 오는 것만 같다.

그는 대개 엄마와 함께 저녁을 드는 모양이었다.

3

예절 바른 그가 식당에서 엄마의 상대를 하고 있을 동안 나는 멍하니 창가에 앉아서 저물어 가는 하늘을 바라다보고 있다.

군데군데 작은 집들이 몰려 있는 촌락과, 풀숲과 번득이는 연못 같은 것들이 있는 넓은 들판 너머에 무디게 빛나며 강이 흐르고 있다. 강은 날씨와 시간에 따라 플래티나(platina)같이 반짝이기도 하고 안개처럼 온통 보얗게 흐려 버리기도 한다. 하늘이 보랏빛으로부터 연한 잿빛으로 변하여 가는 무렵이면 그 강도 부드러운 회색 구름과 한 덩이가 되었다.

나는 여러 가지 감정이 뒤범벅이 된 혼란 상태에서 자기를 건져 내야 한다고 어두운 강물을 바라보며 늘 생각하는 것이었다. 마음 가는 대로 몸을 내맡길 수 없는 것이 나의 입장이고, 또 그 마음 가는 일 자체에 대해서도 분열된 생각을 수습할 수가 없었다.

현규를 사랑한다는 일 가운데에 죄의식은 없다. 그런 것은 있을 수 없었다. 그러나 엄마와 무슈 리를 그런 의미에서 배반하는 일은 곧 네 사람 전부의 파멸을 의미하는 것이었다. 파멸이라는 말의 캄캄하고 무서운 음향 앞에 나는 떨었다.

이곳에 오기 전에 나는 시골 외할아버지의 집에 있었다. 삼사 년 전까지는 엄마와도 함께, 그리고 그 후로는 할머니 할아버지와 단 셋이서. 일하는 사람들은 여럿 있었고 과수원을 지키는 개도 여러 마리, 그중에는 내가 특별히 귀여워한 진돗개 복동이도 있었지만 나는 언제나 못 견딜 만큼 적적하였다. 엄마가 서울로 떠난 후에는 마음이 막 쓰라린 것을 참아야 했지만 그 엄마가 같이 있었을 때에라도 나는 우리 생활에서 마음 든든하다거나 정말로 유쾌하다거나 하는 느낌을 가져 본 일이 없다.

젊고 아름다운 엄마가 언제나 조용히 집 안에서 세월을 보내는 일은 내게 어떤 고통을 주었다. 그 무릎 위에는 늘 내게 지어 입힐 고운 헝겊 조각이나 털실 같은 것이 얹혀 있었지만, 그리고 그 입에서는 늘 나에 관한 이야기가 흘러나왔지만 나는 그것이 불만이고 불안하기조차 하였다.

그런 걸 만들어 주지 않아도 좋으니 다른 애들 엄마처럼 집안 살림에 볶이어서 때로는 악도 쓰고 나더러 야단도 치고 어린애도 둘러업고 다니고 — 말하자면 그녀 자신의 생활을 하고 있으면 나도 흐뭇할 것 같았다. 할머니도 할아버지도 나에게와 마찬가지로 엄마에게도 그저 유하고 부드럽기만 하였다.

엄마의 그림자 같은 생활이 언제부터 시작되었는지 기억할 수 없다. 사변과 함께 우리가 시골 할아버지 댁으로 내려가던 때, 그러니까 지금부터 십 년쯤 전에도 이미 그랬었고 또 그보다 전 서울서 국민학교에 입학하던 즈음에도 역시 그런 느낌이던 것을 잊지 않고 있다.

'아버지'에 관하여 나는 아무것도 모른다. '돌아가셨다'는 설명을 언젠가 들은 적이 있었으나 어쩐지 정말 같지 않다는 인상으로 남아 있었다. 사변 후에,

"너의 아버지는 돌아가셨다."

하고 할머니가 일러 주셨는데, 이때의 말투에는 특별한 것이 깃들어 있어서 그 후로는 그것이 진실이거니 여기고 있다. 아마 나의 엄마와 아버지는 내가 아주 어릴 때부터 별거하고 있었고 그러는 사이 그들은 다시 만나는 일도 없이 사별하고 만 모양이었다. 어쨌든 나는 내 부친에 관해서 아무런 지식도 관심도 감정도 갖고 있지 않다. '윤'이라는 내 성이 그로부터 물려받은 유일의 것이지만 흔한 성이라고 느낄 뿐이다.

무슈 리가 피난지에서 할아버지의 과수원을 찾아온 것은 어떤 경위를 거친 뒤였는지 나는 알 수 없다. 그날 나뭇가지에 걸터앉아서 사과를 베어 먹고 있노라니까 좀 뚱뚱한 낯선 신사가 걸어왔다. 대문 앞에서 망설이듯이 멈추었다가 모자를 벗어 들고 걸어 들어왔다. 나무 밑을 지나갈 적에 사과씨를 떨구었더니 발을 멈추고 쳐다보았으나 웃지도 않고 그냥 가 버렸다. 도무지 어수선하기만 하다는 얼굴이었다. 나중에 방 안에서 정식으로 인사를 하였는데 그때의 판단으로는 나무 위로부터 환영받은 일을 까맣게 기억하지 못하는 것 같았다.

그는 하룻밤 체류하지도 않고 되돌아갔다. 그리고 할아버지와 할머니에게는 대단히 중요히 의논거리가 생긴 모양이었다. 밤에 가끔 사과밭 사이를 혼자 걷는 엄마를 보게 되었다.

무슈 리는 한 번 더 다녀갔다. 그리고 얼마 후에 엄마는 상

경하였다.

　"애초에 그렇게 혼인을 정했더라면 애 고생을 안 시키는 걸……."

　어느 날 옆방에서 할머니가 우시며 수군수군 그런 소리를 하시는 걸 듣고 놀랐다.

　"그럼 우리 숙희는 안 태어났을 것 아뇨? 공연한 소리를……."

　"그저 팔자소관이죠. 경애가 생각을 잘못 먹었었다느니보다도……."

　애어멈이라고 하지 않고 그렇게 엄마의 이름을 대는 것을 듣고 나는 엄마의 젊은 시절을 생각하여 미소 지었다.

　그림자처럼 앉아서 내 블라우스 같은 것을 매만지는 엄마를 보는 서글픔은 이제는 없어졌다. 엄마가 그럭저럭 행복해진 듯해서 기뻤으나 뼈저리게 쓸쓸한 것도 사실이었다. 나는 밤낮 커단 소리로 노래를 부르고 있었다. 산모퉁이 길을 학교에서 돌아오는 때에도 사과나무의 흰 꽃 밑에서도 또 빨간 봉선화가 핀 마당에서도.

　"애야, 그렇게 큰 소릴 내면 남들이 웃는다."

　할머니는 가끔 진정으로 그런 소리를 하셨다. 재작년 늦은 겨울 무슈 리가 내려와서 나를 데려가겠다고 우겨 댔을 때에 제일 놀란 사람은 나 자신이었다. 두 분 노인네도 더러 망설였다. 그러나 무슈 리의 끈기 있는 태도에 양보를 하는 수밖에 없는 눈치여서 노인네들은 그만 풀이 없었다. 나는 무슈 리가 할머니 할아버지에게,

　"무엇보다 엄마가 그걸 원하고 있으니까요. 말은 안 하지만 절실히 바라고 있는 걸 내가 아니까요."

하고 열심히 이야기하는 모습을 보다가 그만 싱그레 웃고 말았다. 나 보기에 할아버지 할머니는 이미 설복되어서, 무슈 리가 만약 그 연설을 잠시 끊기만 한다면 이내 대답을 할 것 같은데 그는 마치 그들이 결단코 나를 놓지는 않으리라고 굳이 믿는 사람처럼 애걸복걸을 하는 것이었다. 그가 말을 하면서 나를 흘낏 보았을 때 나는 조그맣게 끄덕여 보였다. 그랬더니 그는 말을 뚝 끊고 벙글 웃더니 손수건을 꺼내서 이마를 닦았다.

이래서 나는 서울 E여고로 전학을 하였다.

나는 생각한다.

무슈 리와 엄마는 부부이다. 내가 그를 아버지라고 부르기 어려운 까닭은 거의 그런 말을 발음해 본 적이 없는 습관의 탓이 크다.

나는 그를 좋아할뿐더러 할아버지 같은 이로부터 느끼던 것의 몇 갑절이나 강한 보호 감정──부친다움 같은 것도 느끼고 있다.

그러나 나는 그의 혈족이 아니다.

현규와도 마찬가지다. 그와 나는 그런 의미에서는 순전한 타인이다. 스물두 살의 남성이고 열여덟 살의 계집아이라는 것이 진실의 전부이다. 왜 나는 이 일을 그대로 알아서는 안 되는가?

나는 그를 영원히 아무에게도 주기 싫다. 그리고 나 자신을 다른 누구에게 바치고 싶지도 않다. 그리고 우리를 비끄러매는 형식이 결코 오누이라는 것이어서는 안 될 것을 알고 있다.

나는 또 물론 그도 나와 마찬가지로 같은 일을 생각하고

55

있기를 바란다. 같은 일을 ─ 같은 즐거움일 수는 없으나 같은 이 괴로움을.

이 괴로움과 상관이 있을 듯한 어떤 조그만 기억, 어떤 조그만 표정, 어떤 조그만 암시도 내 뇌리에서 사라지는 일은 없다. 아아, 나는 행복해질 수는 없는 걸까? 행복이란, 사람이 그 것을 위하여 태어나는 그 일을 말함이 아닌가?

초저녁의 불투명한 검은 장막에 싸여 짙은 꽃향기가 흘러든다. 침대 위에 엎드려서 나는 마침내 느껴 울고 만다.

4

"숙희야, 나 이런 것 주웠는데……."

일요일 아침, 아래층으로 내려가니까 소파에 앉아 있던 엄마가 손에 쥐었던 봉투 같은 것을 들어 보였다.

"뭔데?"

나는 가까이 갔다.

그리고 좀 겸연쩍어졌지만 하는 수 없이,

"어디서 주웠수, 이걸?"

하면서, 손을 내밀어 그것을 잡으려고 하였다.

"잠깐…… 거기 좀 앉아 보아."

엄마는 짐짓 긴장한 낯빛을 감추려고 하면서 앞의 의자를 가리켰다.

나는 속으로 픽 하고 웃음이 나왔으나 잠자코 거기에 가 걸터앉았다.

지수는 K장관의 아들이다. 언덕 아래 만리장성 같은 우스

꽝스러운 담을 둘러친 저택에 살고 있다. 현규랑 함께 정구를 치는 동무이고 어느 의과 대학의 학생인데 큼직큼직하고 단순하게 생겨 있었다. 지프차에다 유치원으로부터 고등학교까지의 동생들을 그득 싣고 자기가 운전을 하여 학교에 가곤 한다.

나도 두어 번 그 차를 얻어 탄 일이 있다. 한 번은 현규와 함께였으니까 사양할 것도 없었고, 다른 한 번은 시내에서 돌아오는 길목이라 굳이 싫다는 것도 이상할 것 같아서 탔다.

"작은 학생들이 오늘은 하나도 없군요."

"나 있는 데까지 시간 안에 오는 놈은 태워 가지고 오고 그 밖엔 뿔뿔이 재주대로 돌아오지요. 기차나 마찬가지죠."

그러한 그가 걸맞지 않게 적이 섬세한 표현으로 러브 레터를 써 보냈다고 해서 나는 우습게 생각하는 것은 아니다. 그러나 엄마의 엄숙한 표정은 역시 약간 난센스가 아닐 수 없었다.

"글쎄 이게 어디서 났을까?"

"등나무 밑 걸상에서."

"오오라, 참 게다 났었군."

"오오라 참이 아니야. 숙희는 만사에 좀 더 조심성이 있어야 해요. 운동을 하구 난 담에두 그게 뭐야? 라켓은 밤낮 오빠가 치워 놓던데."

흐흥 하고 나는 웃었다.

"편지 보낸 사람에게 첫째 미안할 일 아니야?"

"참 그래. 엄마 말이 옳아."

그리고 나는 편지를 잡아채었다.

"귀중한 물건인가? 엄마 좀 읽어 봄 안 되나?"

"읽어 봐두 괜찮아. 안 되는 거라면 게다 놔둘까? 감추지."

나는 조금 성가셔졌다.

"그럼 안심이군. 사실은 벌써 읽어 봤어."

"아이, 엄마두."

"그런데 엄마가 얘기하고 싶은 건 숙희가 자기 주위에 일어나는 일들을 — 이런 편지에 관한 거라든지 또 그 밖의 일들을, 혼자 처리하지 말고 그 요점만이라도 엄마한테 의논해 주었으면 좋겠어. 그건 그렇게 해야만 하는 거야."

듣고 있는 사이에 나는 점점 우울해져서 잠시라도 속히 이 자리에서 떠나고 싶은 생각밖에는 없어졌다.

"엄마가 언제나 숙희 편에 서서 생각하리라는 건 알고 있겠지?"

"응."

나는 선대답을 해 놓고 천천히 밖으로 걸어 나갔다.

'엄마의 아들을 사랑하고 있어요.'

이렇게 말한다면 엄마는 어떤 모양으로 내 편에 서 줄까?

엄마 힘에는 미치지 않는 일이었다. 무슈 리의 힘에도 미치지 않는 일이었다.

나는 편지를 주머니에 구겨 넣고 아침 이슬로 무릎까지 폭삭 적시면서 경사진 풀밭을 걸어 내려갔다. 되도록 사람을 만나지 않을 방향으로 — 멀리 늪이 바라다보이는 쪽으로 천천히 걸음을 옮겨 갔다. 아카시아 숲이니 보리밭이니 잡목 옆을 지나갔다.

현규와의 사이는 요즘 어느 때보다도 비관적인 상태에 놓여 있는 것 같았다. 나는 그와 마주치기를 피하고 있었다. 웃고 농담을 하고 아무것도 아닌 체 헤어지는 고통이 참기 어려운 것이다. 그가 예사 얘기를 해도 나는 공연히 화를 냈다. 그러면 그는 상대를 안 해 주었다.

　머리 위에서 새들이 우짖었다. 하늘은 깊은 바닷물 속같이 짙푸르고 나무 잎새들은 빛났다. 여름이 무르익어 가고 있었다. 상수리 숲이 늪의 방향을 가려 버렸으므로 나는 풀 위에 앉아 턱을 괴고 생각에 잠겼다.

　세계적인 발레리나가 되어 보석처럼 번쩍이면서 무대 위에서 그를 노려보아 줄까? (한 번도 귀담아 들은 적은 없지만 내 발레 선생은 늘 나에게 야심을 가지라고 충동을 한다.) 그러면 그는 평범한 못생긴 와이프를 데리고 보러 왔다가 가슴이 아파질 테지. 아주 짧은 동안 그것은 썩 좋은 생각인 듯 내 맘속에 머물렀다. 그러고는 물거품처럼 사라져 없어졌다. 이어 그에게 아무것도 바라지를 말고 식모처럼 그저 봉사만 하는 일에 감사를 느끼자는 생각이 떠올랐다. 그러나 슬픈 마음이 들기도 전에 발등 위로 눈물이 한 방울 굴러떨어졌다.

　나는 일어나서 돌아가려고 하였다. 그때 와삭거리고 풀헤치는 소리가 등 뒤에서 나며 늘씬하게 생긴 세터가 한 마리 나타났다. 그 줄을 쥐고 지수가 걸어왔다. 건강한 체구에 연회색 스포츠웨어가 잘 어울린다. 그의 뒤에서 열 살 전후의 사내애와 계집아이가 둘 장난을 치면서 달려 나왔다. 지수는 나를 보고 좀 당황한 듯하였으나 이내 흰 이를 보이고 웃으면서 다가왔다.

　"안녕하셨어요? 산봅니까?"

　"네, 돌아가는 길이에요."

　아이들은 우리를 사이에 두고 떠들어 대면서 잡기 내기를 한다. 지수는 한 아이를 붙들어 세터를 맨 줄을 들려 주고는 어서 앞으로들 가라고 손짓하였다.

우리는 잠자코 한동안 함께 걸었다. 아카시아의 숲 샛길에서 그는 앞을 향한 채 불쑥,

"편지 보아 주셨죠?"

하고 겸연쩍은 듯한 소리를 내었다.

"네."

"회답은 안 주세요?"

나는,

"네, 어떻게 써야 할지 모르겠어요."

했다.

그는 성급하게 고개를 끄덕거렸다. 귀가 좀 빨개진 것 같았다.

"그러나 여하간 제 의사를 알아주시긴 했겠죠?"

나는 그렇다고 하였다. 그리고 이야기를 끝맺기 위해서 현규가 가까이 또 정구를 치자고 하더라는 말을 했다.

"네, 가죠."

그도 단번에 기운을 회복하며 대답하였다.

그는 휘파람을 불기 시작했다. 그의 휘파람을 들으며 집 가까이까지 왔다.

"오늘 대단히 기뻤습니다. 감사합니다."

그는 조금 슬픈 어조로 인사를 하였다. 그리고 내 어깨로 기어오르는 풀벌레를 떨구어 주었다.

"안녕히 가세요. 그리구 연습 많이 하세요. 저희들 팀은 아주 세졌으니깐요."

그는 다른 일을 생각하고 있는 듯 입술을 문 채 끄떡끄떡 하였다.

잡석을 접은 좁단 층계를 뛰어오르자 나는 곧장 내 방으

로 올라갔다. 지수가 하듯이 휘파람을 불고 있었다. 어쨌건 기운을 잃어서는 안 된다는 생각이었다. 내 팔뚝이나 스커트에는 아직도 풀과 이슬의 냄새가 묻어 있는 듯했다. 나는 기운차게 반쯤 열린 도어를 밀치고 들어섰다.

뜻밖에도 거기에는 현규가 이쪽을 보며 서 있었다. 내가 없을 때에 그렇게 들어오는 일이 없는 그라 해서 놀란 것은 아니었다. 그는 몹시 화를 낸 얼굴을 하고 있었다. 너무도 맹렬한 기세에 나는 주춤한 채 어떻게 할지를 모르고 있었다.

"어딜 갔다 왔어?"

낮은 목소리에 힘을 주고 말한다.

"······."

"편지를 거기 둔 건 나 읽으라는 친절인가?"

그는 한 발 한 발 다가와서, 내 얼굴이 그 가슴에 닿을 만큼 가까이 섰다.

"······."

"어디 갔다 왔어?"

나는 입을 꼭 다물었다.

죽어도 말을 할까 보냐고 생각했다.

별안간 그의 팔이 쳐들리더니 내 뺨에서 찰칵 소리가 났다.

화끈하고 불이 일었다. 대번에 눈물이 빙글 돌았으나 그는 거들떠보지도 않고 방을 나가 버렸다.

나는 멍청하니 창밖으로 시선을 던졌다.

연회색 셔츠를 입은 지수가 숲 샛길을 걸어가는 모습이 보였다. 그리고 조금 전에 지수가 풀벌레를 털어 주던 자리도 손에 잡힐 듯이 내려다보였다.

전류 같은 것이 내 몸속을 달렸다. 나는 깨달았다. 현규가 그처럼 자기를 잃은 까닭을. 부풀어 오르는 기쁨으로 내 가슴은 금방 터질 것 같았다. 나는 침대 위에 몸을 내던졌다. 그리고 새우처럼 팔다리를 꼬부려 붙였다. 소리 내며 흐르는 환희의 분류가 내 몸속에서 조금도 새어 나가지 못하도록.

5

나는 어떻게 하면 좋을까?
밤에 우리는 어두운 숲속을 산보하였다.
어두운 숲속에서 우리는 손을 잡고 걸었다.
그리고 나는 그에게 안겨 버렸다.
나는 어떻게 하면 좋을까?
어떻게 해야 할지 점점 더 알 수 없어진다.
여하간 나는 숲속에 가는 일을 그만두어야 한다.
지금 확실히 말할 수 있는 일은 그것뿐이다.
학교에서 돌아오니까 엄마가 기다린다고 안방으로 가라고 했다. 요즈음 인사도 않고 나가고 들어오던 나는 우선 가슴이 철걱 내려앉았다.
"인제 오니? 그런데 얼굴이 파랗구나. 어디 아픈 것 아닌가?"
엄마는 내 이마에 손을 얹어 보았다.
"오빠는 밤늦어야 돌아오고 숙희도 이렇게 부르지 않음 보기 어렵고……."
엄마는 조금 웃었다. 아무것도 알지 못하는 웃음 같았다.
"……편지가 왔는데 어쩌면 엄마가 미국엘 가야 할지 모

62

르겠어. 그렇게 되면 일 년이나 아마 그쯤은 못 돌아올 것 같은데 숙희하고 오빠를 버리고 가기도 어렵고…… 그래 싫다고 몇 번이나 회답을 냈지만…….”

엄마는 조금 외면을 하였다.

“어떨까? 오빠는 찬성을 해 주었는데.”

그러면서 내 눈 속을 들여다보았다.

“나도 좋아요.”

우리는 그러면 어떻게 되는 걸까 하고 멍하니 생각하면서 나는 대답하였다.

“고맙다. 그럼 구체적으로 어떻게 할지는 내일이라도 또 의논하지. 큰댁 할머니더러 와 계셔 달랄까? 그래도 미덥잖긴 마찬가지고…….”

큰댁의 꼬부랑 할머니는 사실 오나마나 마찬가지였다. 엄마가 없는 이 집에서 어떤 일이 일어나려고 하는 걸까?

현규와 단둘이 있어야 할 일을 생각하니 얼굴에서 핏기가 가시었다. 아무도 막아 낼 수 없는 운명적인 사건이, 이미 숲 속에 가지 않는 것쯤으로는 어찌할 수도 없는 벅찬 일이 생기고야 말 것이다.

잠을 잘 수 없었다. 내 온 신경은 가엾은 상처처럼 어디를 조금만 건드려도 피를 흘렸다. 며칠이 지나니까 나는 더 견딜 수 없어졌다. 할머니한테 갔다 온다고 우겨 대어서 서울을 떠났다.

다시는 그곳에 돌아가지 않으리라고 결심하였다. 다시는 학교에 다니지도 않으리라고 마음먹었다. 내 삶은 일단 여기서 끝막았다고 그렇게 생각을 가져야만이 모든 일이 수습될

것같이 여겨졌다.

그것은 칼로 살을 도려내는 듯한 아픔이었다. 그러나 다른 무슨 일을 내 머리로 생각해 낼 수 있었을까?

날이면 날마다 나는 뒷산에 올라갔다. 한 시간 남짓한 거리에 여승들의 절이 있다. 나는 절이라는 곳이 싫었으나 거기를 좀 더 지나가면 맘에 드는 장소가 나타났다. 들장미의 덤불과 젊은 나무들의 초록이 바람을 바로 맞는 등성이었다.

바람을 받으면서 앉아 있곤 하였다. 젊은 느티나무의 그루 사이로 들장미의 엷은 훈향이 흩어지곤 하였다.

터키즈 블루의 원피스 자락 위에 흰 꽃잎을 뜯어서 올려놓았다. 수없이 뜯어서 올려놓았다. 꽃잎은 찬란한 하늘 밑에서 이내 색이 바라고 초라하게 말려들었다.

그러고 있다가 시선을 들었다. 다음 찰나에 나는 나도 모르게 일어서 있었다.

현규였다.

그는 급한 비탈을 올라오고 있었다. 입을 일자로 다물고 언젠가처럼 화를 낸 것 같은 얼굴이었다. 아니 일자로 다문 입은 좀 슬퍼 보여서 화를 낸 것 같은 얼굴은 아니었다.

그가 이삼 미터의 거리까지 와서 멈추었을 때 나는 내 몸이 저절로 그편으로 내달은 것 같은 착각을 느꼈다. 사실은 그와 반대로 젊은 느티나무 둥치를 붙든 것이었다.

"그래, 숙희, 그 나무를 놓지 말어. 놓지 말고 내 말을 들어."

그는 자기도 한두 걸음 뒤로 물러서면서 말하였다. 그 얼굴에는 무언지 참담한 것이 있었다.

"숙희는 돌아와서 학교에 가야 해. 무엇이고 다 잊고 공부를 해야 해. 나도 그렇게 할 작정이니까. 우리는 헤어져 있어야 해, 헤어져서 공부해야 해, 어머니가 떠나시려면 비용도 들테니까 집은 남 빌려주자고 말씀드렸어. 내가 갈 곳도 생각해 놓고. 숙희도 어머니 친구 댁에 가 있으면 될 거야. 그렇게 헤어져 있어야 하지만, 숙희, 우리에게 길이 없는 것은 아니야. 내 말을 알아들어 줄까?"

그는 두 발로 땅을 꾹 딛고 서서 말하였다. 나는 느티나무를 붙들고 가늘게 떨고 있었다.

"그때 숲속에서의 일은 우리에게는 어찌할 수도 없는 진실이었다. 우리는 이 일을 잊을 수도 없고 이제 이 일을 부정하고는 살아가지도 못할 게다. 우리는 만나기 위해서 헤어지는 것이야. 우리에겐 길이 없지 않아. 외국엘 가든지……."

그는 부르쥔 손등으로 얼굴을 닦았다.

"내 말을 알아줄까 숙희?"

나는 눈물을 그득 담고 끄덕여 보였다. 내 삶은 끝나 버린 것이 아니었다. 나는 그를 더 사랑하여도 되는 것이었다.

"이제는 집에 돌아오겠다고 약속해 주겠지? 내일이건 모레건 되도록 속히……."

나는 또 끄덕여 보였다.

"고마워, 그럼."

그는 억지로처럼 조금 미소하였다.

그리고 빙글 몸을 돌려 산비탈을 달려 내려갔다.

바람이 마주 불었다.

나는 젊은 느티나무를 안고 웃고 있었다. 펑펑 울면서 온 하늘로 퍼져 가는 웃음을 웃고 있었다. 아아, 나는 그를 더 사랑하여도 되는 것이다…….

강물이 있는 풍경

강물은 검고 어둡게 빛나고 있었다. 너비로도 길이로도 바다처럼 시야에 꽉 차서, 크고 무겁게 보였다. 어느 편으로 흐르고 있는지는 알 수 없었다.

여자는 신을 모래에 파묻히면서 걸어와서, 기다란 선창에 올랐다. 완강한 나무판자로 만들어진 그것은 굵은 밧줄로 풀숲에 박혀 있는 말뚝에 잡아 묶여 있고, 가냘프게 생긴 여자가 하나쯤 걸어가도 움쩍 요동이 없다.

여자는 중간에 멈춰 서서 신을 벗어 거꾸로 들어 모래를 털어 내고 다시 발을 그 속에 집어넣었다. 그러고는 그녀가 쏟아 논 것뿐이 아닌 원래부터 얼마간의 모래가 부스럭대는 투박한 판자 위를 끝까지 걸어갔다.

거기서 그녀는 좀 두툼하게 둘러쳐진, 배다리의 가녘에 걸터앉았다. 아무것도 분간할 수 없이 아주 새까만 건너편 나루터에 등불이 반짝 비쳤다가 꺼진다. 노란 그 빛깔은 서치라이트처럼 일순간 강물 위에 세모꼴의 공간을 띄워 올렸다가, 다른 방향으로 틀리었는지, 이쪽과 비슷한 선창 모서리에 뭔가가 움직여 가는 모양을 가물가물 잠깐 비치더니 그것도 소리 없이 꺼지고 만다.

소용돌이치며 흐르는 물소리가 높지는 않으면서도 어딘가 위협적이다. 여자는 옷자락을 당겨 올리고 어깨를 움츠렸다.

투닥투닥 발소리를 내며 사나이가 달려온다. 모래사장에서 엇비슷이 뻗어 난, 마을로 통하는 길에서 뛰어오고 있었다.

그가 단걸음[4]에 뛰어오르니까 선창은 아주 조금 흔들거렸다. 여자 앞에 와 서서,

"춥지 않어?"

난폭하지만 다정하게도 들리는 목소리로 묻는다. 목이 밭은 스웨터를 입고 무명의 짧은 코트를 아무렇게나 걸쳤는데 여자의 봄옷은 얇고, 하얀 얼굴은 추위를 타는 것처럼 보였다.

여자는 고개를 저었다. 그리고 두 손으로 천천히, 마치 세수하는 때처럼 얼굴을 가리고 문질렀다.

"이거 좀 먹음 어때요? 배고플 텐데."

사나이는 방금 사 가지고 온 싸구려 카스테라를 주스병과 함께 내밀었다.

몸 모양의 실루엣만이 떠올라서, 하나 그것은 이상히 생생하게 젊은 사내의 분위기를 주위에 흩어뜨렸다.

여자는 또 고개를 흔든다. 사나이는 종이를 벗기고, 혼자 과자를 한입 베어 물다가 생각난 듯이 그것들을 선창가에 내려놓고, 짧은 코트를 벗었다. 여자의 어깨에 들씌워 준다. 앞을 잘 여미어 단추를 위까지 다 끼워 주고 나서 먹고 마시는 일을 계속하였다. 그러면서 그는 어두운 강변이나, 나룻배의

---

4   한걸음.

사공이 사는 듯한 풀숲 저편의 오두막집이나 또 별도 몇 개 뜨지 않은 하늘을 두루 둘러보았다. 그리고 시선은 역시 여자에게로 와서 멈추었다.

'이 여자는 왜 오늘 밤 내게 몸을 맡겼을까?'

사나이는 그 이유를 찾아내 보려고 잠시 궁리하였다. 그리고 이내 그러한 수고를 집어 내던지고 말았다.

그는 여자 곁에 바싹 붙어 앉았다.

머리카락에 자기의 볼을 기대고 그녀의 냄새를 맡는다. 온몸에서 다정함이 번져 나는 것을 느끼며 그녀의 볼을 쓰다듬었다. 그녀는 거의 움직이지 않았다. 오늘 밤 줄곧 그녀는 표정을 갖고 있지 않는 것이었다.

'하지만 내게 몸을 맡겼어. 이 년이나 삼 년이나 그렇게도 완강하게 내 애무를 거절해 오던 사람이.'

그는 조금 전에 동산 위에서 있었던 일을 상기하였다. 잡목림은 아직도 나뭇잎을 달지 않아 엉기성기하였고, 동산 꼭대기 평퍼짐한 자리는 돌이 불퉁거렸다. 가느단 솔바람 말고는 아무 소리도 없고, 캄캄하고, 인가는 멀리 떨어져 있었다.

그는 언제나와 같이 맹렬한 힘으로 상대를 끌어안으려고 하였다. 여자는 웃어 대지 않았다.

늘, 매양, 그를 물리치는 최대의 무기였던 웃음소리를 내지 않았던 것이다. 저항 없이 감기어 들었다.

"왜 그래? 무슨 일이 있었어?"

사나이는 오히려 놀라서, 여자의 어깨를 잡아떼 놓으면서 물었다.

"응? 말해 봐요. 뭐가 있었지?"

"……"

"응? 응?"

"아니……."

눈물이 괸 눈과 여린 입술을 어둠 속에서도 사나이는 아름답다고 느꼈다.

'무슨 일이 있었거나 없었거나…… 하긴 무슨 상관야.'

사나이는 땅이 좀 부드러운 곳을 골라 여자를 안아 뉘었다.

그렇게 오랫동안 여자는 거절만 해 왔지만 그러나 자기를 사랑하지 않는다고는, 그는 한 번도 생각하지 않았다. 그러므로 지금 이 변화를,

'이유 따위 아무래도 좋아.'

그는 마구 자기를 폭발시켜 갔다.

여자는 가만히 있었다. 아마 가만히 있었을 것이다. 사나이는 아무것도 헤아릴 수가 없었다.

솔바람 소리가 다시 귀에 들려왔다. 파도같이. 그는 여자가 하고 있듯 자기도 풀 위에 반듯이 누워 하늘을 올려다보았다.

"별……."

여자의 말소리는 목에 잠겨 있었다.

"뭐라구?"

그는 고개를 반쯤 들고 물었으나 대꾸가 없으므로 호주머니를 더듬어 담배를 찾았다. 째깍! 하는 작은 소리와 곧 스러진 작은 불꽃이 이상하게 인간 세계를 느끼게 하였다. 자기들은 지구 바깥으로 멀리 나와 있기라도 한 것처럼.

별안간 남자는 벌떡 몸을 일으켜 무릎을 짚고 다가가며 격렬한 투로 말하였다.

"오늘 밤 죽으려고 생각한 건 아니겠지? 설마 오늘 밤……."

"……."

"대답을 해 봐요. 어서!"

그는 여자의 상체를 안아 일으켜서 마구 흔들어 대었다.

"응? 응?"

"……."

새로운 정욕이 그를 엄습하였다. 아까와 다른, 영혼의 아무것도 개입하지 않은, 동물적인 환희가 폭풍처럼 그를 휩쓸어 대었다. 그는 거친 숨을 내쉬며 굼틀대는 여체를 가혹하게 다루었다.

그가 땅바닥에 엎드려서 허덕이고 있는 동안 여자는 조금 눈물을 흘린 것 같았다. 사나이는 상대에게 늘 품어 오던 생각, 가슴이 저리도록 사랑스럽고 애처롭다는 느낌을 이때에도 가졌다. 그가 지금까지 겪어 온 일 가운데서 그의 가슴에 서늘한 환멸의 바람을 불어넣지 않고 감동을 안겨 주어 오는 것은 이 여자의 존재뿐이었다.

어디선가 아주 미미하게 이른 봄의 향기가 흘러왔다. 흙과 풀의 입김 같은.

이 나직한 산꼭대기에서는 도시의 불빛이 하나도 보이지 않았다. 마을은 어디쯤에 붙어 있는지 다른 동산과 산등성이에 가려 그런 것도 알 수 없었다. 두 사람은 날이 저문 뒤에 나룻배를 타고 와서, 발 내키는 대로 걸어 여기까지 왔을 때 여자가 이제 더 못 걷겠다고 하였던 것이다.

잠들지도 않으면서 완전히 무심하게, 투명한 시간의 흐름을 감촉하는 것은 때로는 기분 좋은 일이었다. 그러나 여자는 아마도 그 반대 상태에 놓여 있는 것으로 보였다. 모든 생각이 최대한의 진폭을 가지고 그녀 속에서 흔들리는 것 같았다. 그녀의 정신은 아마 육체의 피로에도 불구하고, 아니 거기에 겹친 정신 그 자체의 피로로 하여 더욱, 극도로 팽창해 있는지 알 수 없었다.

몇 개 나돋아 있지 않은, 그러나 유난히 새파랗고 큰 별을 쳐다보며 여자는 무표정하게 중얼거렸다.

"사랑했습니다. 사랑했어요……."

이번에는 남자가 묵묵히 밑을 보고 있었다.

'알고 있어. 그런 소린…… 하기는 한 번도 들어 본 일은 없었던 것 같지만.'

트랜지스터라디오를 가진 사람이 가요곡을 들판에 울리게 하면서 동산 밑을 지나갔으므로 그들은 자리를 떠서 먼저 온 길을 되돌아 걷기 시작했다. 어째서 그런 일이 행동의 계기가 될 수 있는지 그런 것은 아무도 알 수 없었다.

손을 꼭 잡고 걸으면서 남자는, 자기에게 있어 이보다 더 소중한 것은 없으리라는 생각을 거듭거듭 하였다. 머리와 가슴뿐 아니라 지금은 전신 세포의 하나하나에까지 그녀가 옮아와 있다고 느껴진다. 그러므로 이처럼 애달프게 사랑한다 느끼고, 이담에는 다시 그녀를 애무할 수도 없으리라 어렴풋 예감하면서도 그는 유쾌한 것이었다.

지나간 괴로웠던 날을 생각하면 울컥 기쁨이 솟구치곤 한다.

하나 그는 아무 말도 하지 않았다. 다만 때때로 여자의 옆 얼굴에 깊은 시선을 갖다 대었다.

여자는 그러나 도저히 들뜬 기분일 수는 없는 모양 같았다. 고개를 숙이고 무표정하게 느릿느릿 걸었다.

선창가에 바싹 붙어 앉아 사나이는 여자의 어깨에 팔을

감았다.

이 여자와 지금 죽어도 좋다고 생각한다. 다른 아무 일도 머릿속에 집어넣고 싶지 않았다. 사랑으로 가슴이 쩌릿했다 전신이 더워졌다 하였다.

"무얼 생각해?"

귀에 대고 나직이 속삭인다.

여자는 오늘 만나서 처음으로 애정이 슬프도록 서린 얼굴이 되며 사나이를 올려다보았다. 그리고 손을 그의 볼에 갖다 대었다. 네 개의 동자가 어둠 속에서 영원처럼 깊이 맞물리었다.

사나이는 견디기 어려워진 듯 여자의 싸늘한 손끝을 끌어다가 이빨로 깨물었다. 눈을 감은 채.

"오늘은 내가 바래다 드리지, 끝까지…… 중간에서 혼자 보내지 않을 테요."

"아니…… 그러지 마세요."

그것은 언제나 되풀이되는 똑같은 대화였다. 그것을 말하는 사람들의 안색이 사자(死者)들처럼 굳어 가는 것도 같았다.

"이번엔 내 맘대로 할래."

"……"

"더 말하지 말어."

뱃사공의 집 문이 덜그럭 열리고 사람이 서넛 걸어 나왔다. 무엇을 하려는지 토막나무에 가솔린을 들이붓고 불을 질러 주위를 환하게 만들었다.

불은 활활 타오르고 노동자들은 목청을 뽑아 잡가(雜歌)를 불러 댔다.

외에롭고 스을프면 하늘만 바라보면서어…… 내애 생전

처음으로 바아친 순정으은 머나아먼 천국에서 그대 옆에 피어나리이이……

작업복의 총각 하나는 휘파람으로 멋지게 따라가면서도 주머니에 손을 찌르고 이편을 유심히 바라보았다.

"뭘 봐, 인마. 저런 거 처음 구경허니?"

노래를 부르지 않는 중늙은이가 자기도 이쪽을 보면서 빙긋거렸다.

사나이와 여자는 얼굴을 뗴었다. 활활 타오르던 불은 차츰 스러져 다시 서로의 윤곽은 희뿌옇게 흐려 왔다.

"여보쇼, 나룻배루 건너가시는 거요?"

중늙은이가 집 안에 들어가 토막에서 얼굴만 내밀고 소리지른다.

사나이는 여자를 건너다보았다. 여자는 잠자코 있다. 사나이는 하는 수 없는 듯,

"예에."

하고 굵직하게 대꾸하였다.

"저쪽 배가 건너오자면 시간 남짓이나 기다려야 할 거요. 따루 또 작은 놈을 낸다면 모르지만."

중늙은이는 목을 빼고 기다리고 있었으나 사나이는 이번에는 대답을 안 하였다.

주위는 다시 캄캄하다. 여자는 으스스 몸을 떨었다. 사나이는 가슴에다 꽉 감싸 안고,

"언제까지나 이렇게 하고 있고 싶다. 그럼 안 되나?"

젊은 목소리에 미련이 서려 있었다.

"바래다 주심 안 돼요. 오늘도 마찬가지죠."

여자가 밑을 본 채 말하였다.

또렷한 음성이나 다시 표정이 없다.

멀리 떨어진 곳에 세로로 기다란 불기둥이 나타났다. 레몬빛으로 하늘하늘하는 그 두 개의 원통형의 불덩이는 언제까지나 꺼지지 않았다.

두 사람은 오랫동안 그것을 지켜보고 있었다.

여자가 입을 떼었다.

"저건 무얼까요?"

"쇠가 타는 거겠지."

"무엇 때문에."

"사람들이 일을 하고 있나 봐."

"일을……."

회화에도 풍경에도 그 밖의 아무것에도 이제 이들에게는 의미가 없었다. 그랬지만 그들은 또 한동안 레몬빛의 불길을 보고 있었다.

대안(對岸)에서 등불이 움직거리고 모터 소리가 나며 거창한 나룻배가 트럭과, 자전거를 끈 사람과, 또 농부 같은 남자 몇을 싣고 건너왔다. 선창가를 스치고 바로 모래사장에 갖다 댄다.

이편 길에서도 어느 사이엔가 승객 몇이 모여 와서, 그 배는 중늙은이가 말한 것보다는 훨씬 빨리 되돌아갈 기세였다.

"어여 일루 옮겨 타슈, 곧 떠납니다."

쉰 목청이 서치라이트 같은 불빛을 들이대며 소리쳤다. 사나이와 여자는 선창에서 일어났다.

그러나 배가 또 검은 강면을 미끄러져 건너갔을 때 그들은 거기 타고 있지 않았다.

새벽 일찍 멀리 떨어진 모래사장에서 자는 듯 누워 있는 여자를 발견한 것은 작업복에 비틀스 같은 머리를 하고 어젯밤 휘파람을 불던 총각이었다.

　　여자는 혼자였다. 그러나 몹시 고운 자세로 누워 있었고, 남자의 짧은 코트로 잘 감싸여 있었다. 위에서 덮고 도닥거려 준 것 같다. 잎을 달지 않은 백양나무 숲이, 암회색 안개를 흘려보내고 있었다. 주스병은 거기에 다 못 간 곳에 버려져 있었다.

　　조금 뒤늦은 시각에, 건너편 드라이브웨이의 벼랑 밑에서 교통사고가 일어났단다고, 떠들기 좋아하는 뱃사공이 오두막 앞에서 외쳐 대었다.

　　더벅머리 총각은 일부러 구경을 하러 갔다. 그리고 양 포켓에 손을 찌르고 돌아와서 말하였다.

　　"승용차가 굴러떨어져 깨져 있었어. 새나라[5] 따위 쩨쩨한 거가 아니고 집채만치나 큰 근사한 놈이던걸. 앞이 박살이 났어, 바위에 부딪쳐서. 순경이 옆에 못 오게 했지만 그래두 난 봤지. 어젯밤 저기 앉았던 그 사람이 틀림없어. 회색 바지하구 스웨터를 입은⋯⋯."

　　그리고 그는 고개를 젓고 휘파람은 불지 않고 또 여자의 시체를 보려고 걸음을 옮겼다.

　　모래 위에 불그레한 아침 햇살이 퍼지고 그것은 이미 그 자리에 있지 않았다. 이편에도 '근사한' 자동차가 앰뷸런스와 경찰차와 함께 나타나서 실어 갔다는 것이었다.

　　뱃사공의 오두막에서 밤을 자는 노무자들은 며칠 동안

5　1962~1963년 무렵 우리나라에서 생산한 자동차.

열심히 신문을 받아 보았다. 서로 빼앗듯 하며 머리들을 부딪고 그 사건에 관한 기사를 찾았다. 하지만 사흘이 지나도 일주일이 지나도 단 한 줄의 글도 실리지는 않았다. 마을에 가서 다른 사의 신문을 얻어다 뒤져도 마찬가지였다. 어떤 강력한 힘에 눌려 사건은 결국 어둠에서 어둠으로 묻히고 만 모양이었다.

배는 운전하지 않고 늘 소리만 지르는 중늙은이가 원통해하였다. 그는 첫날, 수첩을 펴 들고 그를 심문한 순경에게 그가 했던 말이, 인쇄되어 나올 것을 몹시 기대하고 있었던 것이다.

그는 그때 이렇게 말하였다.

"글쎄 어두웠지만서도 불도 피웠고 그런 관계루다 잘 보았다면 보았다고 할 수 있는뎁쇼. 젊었어요. 그리구 예쁘장들 했어요. 둘이 다……."

신문에 실망하였으므로 그는 더벅머리 총각에게 그 말을 끄집어내었다.

"야 이눔아, 네 생각은 어떻데? 왜 죽었을 성싶으냐, 그 사람들이."

"아저씨가 말하셨지 않아요? 젊구 예쁘게들 생겼더라구. 그래 죽은 거죠."

"딴은 참, 복잡한 사정이 다 그 속에 있다. 옳다."

돈과 시간이 남아나서…… 하는 소리를 그는 하지 않았다. 그는 그 자신의 딸에 관해서도 쓴 기억을 하나 갖고 있던 것이다.

그날 밤에도 레몬빛의 불기둥은 멀리 가물대었고 선창에는 배를 기다리는 사람이 두셋 서성거렸다.

작업복의 총각은 휘파람을 불고 있었다. 자꾸 같은 곡조만 불고 있었다.

황량한 날의 동화

1

　명순은 누워서 수녀(修女)들의 합창을 듣고 있었다.

　그것은 어느 오페라의 한 장면이어서 책상 위에 놓여 있는 조그만 라디오로부터 흘러나오고 있었다. 세계의 종말이 다가왔도다…… 소리는 무겁고 어둡고 운명적인 비애에 싸여 거의 신음하는 것처럼 들렸다.

　하나 이상스러운 단순함이 선율을 처리하여 그것은 어쨌거나 앞을 향하여 나가는 인간의 무리를 연상케 하였다. 그들은 가고 있었다. 자꾸만 나아가고 있었다. 세계의 끝이 거기 있는가?

　거기에 천당이 열리는가?

　수도원의 정경 속에 갑자기 이질적인 것이 뛰어들었다. 길게 떨리는 테너의 솔로였다. 그것은 현세적인 희비를 호소하는 너무나 육감적인 음성이었다.

　명순은 라디오를 끄려고 손을 내밀었다.

그러자 째깍 하고 다이얼이 먼저 비틀어지며 아리아는 가느다란 여운을 남기고 중단되었다. 한수가 그렇게 한 것이다.

명순은 반 일어난 자세대로, 책상 모서리에 걸쳐 있는 한수의 손을 보았다. 길고 모양 좋게 생겨 있는 손이었다. 그는 깊은 잠에 빠진 사람처럼 방바닥에 얼굴을 대고 엎드려 있었다. 오래전부터 그렇게 하고 있는 것이다.

그렇게 죽은 듯이 늘어져 있으면서 그래도 음악을 듣고 있었다고 명순은 생각했다. 책상 모서리에 걸렸던 한수의 팔이 시체의 그것처럼 털썩 떨어졌다.

명순은 일어나 앉아 한수의 전신을 내려다보았다.

코코아색 반소매 셔츠를 입은 어깨는 벌어지고 넓적한 등은 남성다운 선을 부각하고 있었다. 좁은 양복바지에 싸인 작은 엉덩이와 긴 다리도 모양은 좋았다.

그러나 거기서는 기운이라는 것을 느낄 수 없었다. 짧은 소매에서 내민 팔뚝은 갈색을 하고 있었으나 마른 나무의 표면을 생각하게 하는 건조한 빛이었다. 있는 것은 형태뿐이었다. 명순은 알고 있었다.

그녀는 눈을 크게 뜨고 앉아 있었다. 자기가 태어난 이 우주 속의 일점을 최초로 인식한 인간의 눈과 같이 그것은 매우 크게 벌어진 동공이었다.

한수의 등이 꿈틀하고 움직였다. 그와 함께 명순의 눈 속에도 동요가 있고, 이번에는 조심스러운 빛을 담으며 그 꿈틀거린 부분에 고정되었다. 등이 그렇게 움직거린 의미를 헤아리기라도 하려는 듯 주의 깊은 태도였다.

그러나 한수는 다시 움직이지 않았다.

호흡을 따라 너부죽한 등판이 보일 듯 말 듯 오르내릴 뿐이었다.

명순은 무릎을 안고 벽에 기대었다.

옹색한 맞은편의 바람벽 위에 미로의 복제화가 붙어 있다.

여자의 동체(胴體)에서 밤(夜)이 뿜겨져 나왔는가. 달과 별 같은 것이 빙 돌고 있다. 문어 대가리 같은 또 우주인 같아 뵈는 기분 상한 붉은 덩어리. 해와 바닷말…….

수치와 회한과 혼란과. 모든 종류의 고뇌가 한꺼번에 폭발한 것 같은 색채와 모양이 거기 있었다.

그녀는 다시 수녀의 합창을 생각하였다. 검은 옷을 입고 들판을 그렇게 걸어가면 속이 후련해지는가?

모든 것을 버리고 가는 것이다. 들판 끝에는 무엇이 있을까. 과연 무언가가 있는 것인가?

한수가 무어라고 웅얼거렸다. 입술이 방바닥에 너무 가까이 대어져 있어 언뜻 알아듣기 어려운 말소리였다. 명순은 되묻지도 않고 기다렸다.

"여보세요. 약 주세요. 안 계신가요?"

약간 짜증을 낸 것 같은 여자의 목소리가 이번에는 바깥쪽에서 울렸다. 아까 한수는 누가 왔으니 나가 보라고 하였던 모양이다. 명순은 가게로 나갔다.

잿빛 하늘 밑을 무리 져 가는 여자들의 환상은 아직도 그녀의 눈앞에 있었다. 그러나 한수의 귀가 또 예민해졌다는 생각도 한편으로 하고 있었다. 오관이 모두 둔해졌으면서 귀만은 어느 시기 날카롭게 살아나곤 하는 것이었다.

"APC 오 원어치요."

"네."

"미제루다요. 수효가 적어도 괜찮으니까 미제를 줘요."

"......."

"들으라구 먹는 약인데. 그렇잖아요?"

"네."

명순은 스커트에서 열쇠를 내어 유리창을 열고 정제를 세었다.

"고맙습니다. 안녕히 가세요."

여자와 엇갈리며 파리장 문을 밀치고 비대한 노녀(老女)가 들어섰다. 호르몬제를 사러 오는 노파였다. 노파가 질문을 할라치면 명순은 그렇게 강한 주사약을 자주 쓰지 않는 것이 좋으리라는 의견을 말할 수밖에 없으나 노파는 그런 설명을 듣기 싫어했고, 그래 요즘은 그저 화난 듯한 음성으로 불쑥 약명을 가리킬 뿐이었다.

명순은 약장 아래쪽 서랍을 열었다. 가게는 좁고 세모가져 있어 돌아앉아 그런 동작을 하자면 편안찮았다. 그녀는 서랍에서 서너 권의 장부를 들어내고 그 밑에 숨겨 둔 약 상자를 꺼냈다. 수입 금지품이어서 감춰 두어야 하는 것이었다.

비대한 부인은 호르몬 외의 영양제 두 가지와 플라스마를 샀다. 자식도 영감도 없고, 오직 자기 몸을 보하기 위하여 살아 있는 부인이었다.

"많이 파슈."

"안녕히 가세요."

방긋거리면서 순자가 와서 서 있었다.

"잘 있었니? 서방님두 안녕하시구. 테라마이신 몇 알하구 찜질약을 줘. 큰 것이 또 헌데가 났지 뭐니. 그리고 알코파를 두 봉. 애들은 반 봉지씩 먹인다지? 그러니까 두 애한테 노나 먹이고 하나는 애들 아버지 드리지. 세 봉지 살까? 모두들 먹는 김에 나두 해치우게. 근데 요샌 온 집안 식구가 식욕이 없어서…… 요리를 만들어도 헛수고지. 여름철일수록 축이 안 가두룩 영양을 취해야만 하는 건데…….”

순자는 더도 없이 열심히 생활인이었고 너무나 여자였고 거기다가 매우 행복하다고 생각하고 있기까지 하였다. 명순은 참으며 듣고 있었다.

순자의 요설(饒舌)은 명순에게는 통틀어 그저 무의미했던 것이다.

겨우 순자가 가 버리자 명순은 얼른 방으로 가 보았다.

방바닥에 길게 누웠던 한수는 거기에 없었다. 날쌔게 몸을 놀려 또 무엇인가를 저질렀을지 몰랐다.

명순은 주방 문을 열고 선반 위, 찬장 앞, 마루 구석하고, 순차례로 눈길을 달렸다. 한수는 물건을 잘 떨구었다. 요즘으로 아주 바보가 된 것처럼 조그만 속임수도 감쪽같이 해내지를 못하는 것이었다. 탈지면이나 작은 주사기 앰풀의 껍데기 등을 명순의 눈에서 감춘다는 것이 전 신경을 집중하는 유일의 일이면서 줄곧 실수하여 꼬리를 잡히는 것이었다.

주방에는 그러나 이번에는 아무것도 떨어져 있지 않았다. 명순은 방으로 돌아와 미로의 「콤포지션」 뒤에 손을 넣었다.

모르핀을 감출 장소 때문에 한수는 있는 지혜를 다 짜내었다. 그래서 명순은 경대 서랍까지 쇠를 채워 두는 것이다.

세면실에서 물소리가 나고 변소에 갔던 한수가 돌아왔다. 왠지 매우 명랑한 낯빛을 하고 있다. 요 며칠간 주사를 끊는다는 서약을 지키느라고 그는 몹시 침울하고 기운이 없었던 것이다.

“오늘 저녁은 거리에나 나가 볼까? 당신 언젠가 영화 보았으면 했었지?"

그는 곧추세운 두 무릎에서 손목을 늘여 건들건들 흔들면
서 말하였다. 발등에 부챗살 같은 가는 뼈가 드러나 보였다.

"복자 수자의 쇼가 아주 인기라던데."

그런 소리를 한다. 명순은 움직이지 않는 눈동자를 그의
이마에 대었다.

'복자 수자와 그 일행의 쇼'인가 하는 흥행은 몇 달이나
전의 것이었다. 그 광고가 난 신문지를 무엇엔가 사용했던 기
억이 있었다. 그랬다. 변소에 가는 좁은 복도의 벽이 떨어져
내린 곳을 그것으로 발라 두었었다. 신문지는 지금도 그 자리
에 붙어 있을 것이다. 앞을 지나칠 적마다 여자들의 사진과 광
고문이 눈에 띄었다.

'오늘 저녁 그걸 보러 가잔다.'

한수는 그저 입에서 나오는 대로 지껄이는 데에 불과하
였다.

명순은 복도로 나갔다. 한수는 구석에 있는 고장 난 선풍
기를 만지작거리기 시작했다. 가끔 그 손이 멈추어지고 불안
스러운 눈이 명순의 사라진 쪽에 쏠려진다.

명순은 엷은 갈색의 앰풀 꼭지를 들고 돌아왔다.

한수 앞에 내던지고,

"또 시작을 했어."

비굴한 눈초리를 지으며 고개를 비꼬는 양(樣)을 지켜보
았다. 선풍기가 덜덜거리고 돌기 시작하여 좁은 방 안의 더운
공기를 휘저어 대었다.

"아니야!"

한수가 갑자기 지껄거렸다.

"공연한 지레짐작을 말어. 절대로 또 시작한 건 아니야. 내 몸을 뒤져 보아. 맹세하지."

두 팔을 들어 보이며 어리석은 얼굴을 한다.

"내가 또 그짓을 했다면…… 그렇다면 사람 아니게? 그렇다면 약을 또 숨겨 가졌을 것 아냐?"

명순은 아무 말도 안 하였다. 한수가 대학에서 늘 최고 득점을 하던 우수한 학생이었다는 생각을 하고 있었다. 또 한수는 플루트를 불었었다…….

선풍기가 멎었다. 소리도 죽었다. 바람 한 점 없는 날은 저물려 하고 있었다. 불붙은 듯한 하늘의 빛이 작은 창틀을 꽉 메우고 있었다.

2

금단 증상의 고비를 넘기고 나면 한수는 매우 잔인하여졌다.

심부름하는 계집아이를 회초리로 때렸다. 명순은 계집아이를 보내 주었던 고모의 집에 사과하러 갔다.

"그거야 괜찮지만…… 네가 고생이겠다. 식모라고 붙어 나질 않을 테니까."

명순은 채송화가 흩어져 핀 화단으로 가까이 갔다.

"색색가지로 섞여 펴서 참 이뻐요. 우리 집에 가져간 건 왜 피질 않을까?"

"글쎄……."

고모는 잠깐 침묵하였다.

"너 그런 모양으루…… 살 수 있겠니? 어떻게 여기쯤에서 결단을 내리면 어떻겠느냐?"

명순은 그저 조금 웃어 보였다.

흰 나비가 화판 위에서 나래를 접었다 폈다 하고, 커단 모기가 날아갔다. 날개와 긴 다리가 금빛으로 반짝였다. 명순은 눈을 가늘게 뜨고 날아가는 벌레를 보고 있었다.

고모는 또 입을 열었다. 옥색물을 들인 모시 치마를 입고 옥비녀를 찌른 그녀는 어울리지 않는 말을 입에 담았다.

"네가 그 사람을 사랑하고 있는 기분을 나도 짐작은 한다. 남녀 간의 사랑이란 이치루다 따질 게 아니니까 옆에서 이러구저러구 할 수는 없다만……."

명순은 놀란 듯이 그녀를 쳐다보았다.

"사랑요? 사랑하고 있지 않아요."

"그럼 무엇 때문에 그러구 있니?"

"무엇 때문인지…… 난 모르겠어요. 그렇지만 누구든지 다 그런 것 아녜요? 고모도 왜 살고 있는지 모르시는 거예요."

"얘는 그건…… 그거야…… 나야 애들 기르고 너의 고모부도 도와드리고……."

"그래서는요?"

"그래서라니…… 그러는 게 좋으니까…… 그러는 거지."

"좋아도 그러고 안 좋아도 그러는 거예요."

명순은 무표정하게 단언하였다. 그리고 또 채송화를 내려다보았다.

"겹이 돼서 이렇게 보기 좋아요."

"들어가자. 들어가 저녁이나 먹자. 너의 남편 그새 약이나 집어낼는지 모르지만."

"집어내도 그만이에요. 옆에 있을 때엔 나도 쇠를 채우고 경계하지만 소용없는 일인 것은 알고 있어요. 소용도 없는 걸 왜 그러는지 나도 모르겠지만."

"제 일을 제가 모르면 누가 아니."

명순은 고모의 방에 들어갔다.

맛나는 음식을 조금 먹고 몸을 편히 하고 누워 있었다.

'돌아갈 때까지 조금만 편히 하구 있자.'

생각은 단순하였다. 한수로 인한 분노라든가 짜증 같은 것은 언제나 오래가지 않았다. 그것은 관용 정신에서가 아니라 마땅한 감정으로 여겨지지 않았기 때문이었다.

드리운 발 밑으로 고모의 치맛자락이 오락가락하고 있다. 고모는 명순에게 얼마간 친절하고 얼마간 무심하였다. 정상적인 보통의 상태였다. 명순도 그녀를 좋아하지도 싫어하지도 않았다.

사람을 좋아하게 된다는 것은 쉽게 일어나는 일이 아니었다. 그러나 명순은 한때 몹시 그래 본 적이 있었다.

그녀와 한수는 약학 대학의 교실에서 만났다. 한수는 중도에서 학업을 포기하였기 때문에 약제사 면허증을 갖고 있는 쪽은 명순이었다.

모르핀을 그가 시작한 때가 퇴학을 해 버린 훨씬 뒤였는지 어떤지 명순은 지금도 알지 못했다. 둘의 사이가 친숙해진 것은 퇴학을 전후한 무렵이었다.

명순 편에서 꽤 적극적으로 접근하여 갔다고 할 수 있었다. 그녀는 고민에 싸인 사나이의 어두운 매력에 이끌려 갔던 것이다.

사랑이라는 것이 어떤 감정인지 명순은 지금 한마디로 규

정지을 수 있다고 생각한다. 그것은 말하자면 섹스가 일으키는 트러블이고, 일종의 하찮은 시정(詩情)이었다. 모든 시(詩)가 그러하듯이 그것은 과장을 일삼고 우상을 만들기에 곁눈도 안 판다. '완전한 인생'을 꿈꾸는 것이다.

한수는 명순의 마음을 끄는 거의 완전한 형태를 갖고 있었다. 그러한 생김새는 아주 대수로운 것으로 그때 명순에게는 생각되었다.

그것은 명순의 감정을 자극하였고, 그와 함께 있는 시간을 즐겁게 만들었다. 그는 일반적인 교양으로도 명순을 만족시킬 만하였으나 가장 매혹적이었던 것은 실의의 구덩이에 빠져 있는 일이었다.

민감한 청년이 감정의 부당한 학대를 감수하는 광경은 얼마나 가슴 저린 것이었을까.

그러한 학대는 한수의 끼끗함에는 비길 수도 없는 어떤 야비한 여자로부터 왔다.

자기 가치를 액면대로 주장하지 않는 남자의 겸허함은 명순을 감상적이게 만들었다. 한수의 시정은 말하자면 특별히 정열적인 연소를 하고 있었던 것이다.

한수의 양친은 한수와 명순을 결혼시키고 나서 곧 별세하였다. 큰길 옆에 조그만 약방을 남겨 주고 갔다. 그리고 한수는 아편 중독자였다.

"고모, 이젠 가겠어요."

명순은 고모의 집을 나와 어둑어둑한 거리를 걸어갔다. 바다 쪽에서 눅진한 바람이 불어왔다.

그녀는 버스를 기다리며 서 있었다.

맞은편 언덕 위에 거대한 플라타너스가 여러 그루 몰려선 것이 눈에 뜨인다.

나무는 미풍을 따라 천천히 술렁였다. 잎새가 팔랑대고, 검고 굵은 줄기는 미미하게 그러나 뱀처럼 연하게 꿈틀거리며 움직였다.

나무는 꼭 살아 있는 것 같았다. 무언가를 얘기하고 있는 것 같았다. 무언가, 사람은 이해하지 못하는 이야기를 하며 있는 것 같았다.

그것을 바라다보는 명순은 저도 모르게 평화로운 얼굴을 지었다.

……오늘 밤도 또 잠을 잘 수 없을 것이다.

한수는 자기가 잠을 자지 못하니까 남이 자는 것을 시기하였다. 갖가지 술책을 써서 깨워 일으키고야 말았다. 딱……하고 날카롭게 파리채로 방바닥을 내려치는 일, 어떤 때는 명순의 귓밤을 때려 놓고 모른 체하고 있기도 하였다.

모른 체하고 있더라도 바늘같이 뾰족한 그의 눈매가 잔인한 노여움을 말해 주었다.

"불을 끄면 파리가 안 붙지요."

그런 당연한 말을 그러나 명순은 하지 않았다. 방 안의 파리라고는 처음부터 있지도 않은 것이다.

그런 때 명순은 잠자코 있다. 그가 잠들기를 기다리는 것이다.

사람과 다른 생물이 세상에 있다는 일, 플라타너스를 보며 일어나는 그런 느낌 속에서 그녀는 평화로운 얼굴을 지을 수 있었는지 몰랐다. 잠깐 동안.

3

노란 물이 한 줄기 천천히 인중을 따라 굴러 윗입술에 멈추었다. 비공(鼻孔)에서는 그러나 또 노란 물이 나와 서서히 굴러 내려 입술 위의 방울을 크게 하였다.

팥알만큼, 콩알만큼. 또 좀 커졌다고 보는 순간 콧물은 주룩 흘러 일직선으로 무릎에 떨어졌다. 그러자 한수는 팔꿈을 쳐들었다. 얼굴로 가져가다 중도에서 집어치운다. 그 대신에 눈꺼풀을 반쯤 들고 거슴츠레한 동자를 이편에 던졌다.

명순은 그의 앞에 다가앉았다.

"무엇이 보여? 응, 어떤 것들이 눈앞에 있어?"

"으."

한수는 도로 눈꺼풀을 내리고 모로 누워 버렸다.

"알구 싶어. 뭐가 보이는지. 누가 있어? 여기 사람들하구 다른 사람들이겠지?"

대꾸는 없었다.

"그럼 말해 줘. 무슨 생각을 하고 있는가를."

둥실 구름을 탄 것 같은 감각 속에서 어떤 색다른 사색을 이들은 더듬고 있는 걸까. 명순은 궁금하고, 이 이상 상황에 놓인 인간의 머릿속을 세밀히 살펴보고 싶다고 느낀다.

한수는 등을 꼬부리고 팔다리를 오그려 붙이며 눈을 감았다. 입이 맥없이 벌려져 있고 침이 흘렀다.

그는 또 잠을 잔다. 깨면 거짓말을 늘어놓을 뿐이다.

아편 속에는 결국 아무것도 없는 듯하였다. 인간 이상의 것도, 인간 이하의 것도, 아무것도 없다고 볼 수밖에 없을 듯하였다.

숨소리가 편안하게 들린다. 그는 요즘은 몹쓸게 표독을 부리지도 않았다.

한동안 내려다보다가 명순은 상을 찌푸렸다. 한수의 뒤범벅이 된 침과 코는 그 유달리 수려한 용모 위에 매우 추한 부조화를 이루었기 때문이었다. 환한 등불에 비친 너무 잔혹한 그림이었다.

그녀는 일어나서 다락 옆의 층층다리를 올라 지붕 위로 나갔다.

빨래를 널어 말리기 위해 마련된 네모나고 좁은 옥상이었다. 한길 쪽은 커다란 간판의 뒷면이 가려 주고 있다.

나무 걸상에 앉아 명순은 먼 곳을 바라보았다.

항구의 등불이 차갑고 영롱하게 빛나고 있다. 몇 개씩이나 옆으로 잇닿아져 나가며, 불규칙한 단층을 이루고, 군데군데에 유난히 밝고 흰빛이며 빨간 등이며 네모진 파란 일루미네이션 등을 섞어 가지고 있다.

검은 하늘과 한 빛이 된 바닷자락은 보이지 않았으나 물 위에 떠 있어 불은 더 영롱해 보이는 것일 게다.

명순은 언제까지나 앉아 있었다.

아무 생각도 하지 않는 물건은 아름다웠다.

아무 의미도 없고 곱게 생겨 있는 물건에는 위안이 있었다.

별이 없는 하늘로 부드러운 진동음을 울리며 순찰기가 선회하고 있다. 날개 끝에서 진초록과 빨강의 구슬 같은 등불이 명멸하였다. 크리스마스의 납종이처럼 반짝이는 빛깔이다. 그 위로 어두운 하늘이 막막하게 영원의 침묵을 지키며 펼쳐져 있었다.

걸상에 기대서 명순은 잠깐 졸았다.

그리고 싸늘해진 야기(夜氣)에 둘러싸여 곧 눈을 떴다.

그녀는 날이 샐 때까지 그렇게 앉아 있었다.

어둠이 걷히기 시작하니까 등불들은 색이 바래고, 그리고
꺼졌다.

4

길 건너 시장에 가서 무와 파, 생선 같은 것을 사서 바구니
에 넣어 들고 명순은 약방으로 돌아왔다.

한수는 유리창 앞 좁은 공간에 비스듬히 옆으로 서 있었
다. 몸을 일직선으로 하여 15도쯤 앞으로 기울이고 있다. 무
엇을 보고 있는지 무엇을 하고 있는지 도무지 알 수 없는 자세
였다.

명순은 곁눈으로 바라보며 그 곁을 지나갔다.

그러자 한수는 별안간 입을 열었다.

"도둑을 맞았어."

꼿꼿이 한 몸을 앞으로 기울인 채 얼굴만 이편을 향하였
다. 표정이 없어 오히려 섬뜩한 그런 얼굴이었다.

"잠깐 옆집에 갔었어. 당신이 잘못이야. 왜 그렇게 오래
시장에 있었냔 말야. 그새에 유리창을 깨뜨리고 약을 훔쳐 냈
지. 잠깐 옆집에 갔드랬어. 당신이 모두 쇠를 채워 놨기 때문
에 유리를, 저것 봐, 저렇게 깨뜨리고……."

그는 진열장 뒤에까지 걸어 들어가 깨어진 자리를 손으로
가리켰다.

"봐, 내 말이 거짓인가."

그의 오른편 주먹에는 옥도정기[6]가 칠해져 있었다. 바닥에 떨어진 유리 조각은 말끔히 비로 쓸려 있었다.

명순은 화가 나서 장바구니를 방에다 내던졌다. 그리고 수영복을 꺼내 들고 밖으로 나왔다.

한수가 모르핀을 했다가, 죽을 고생을 하며 끊었다가, 또 져서 다시 시작했다가 하는 되풀이가 그녀에겐 번거롭다. 그녀는 한수가 소위 성실한 남편이 되어, 팸플릿을 읽고 외국에 약을 주문해 준다거나 일요일이면 함께 거리에 나간다거나 하게 되는 일을 그다지 좋다고는 생각하지 않았으므로 변동은 그저 뒤숭숭하기만 한 것이었다.

그녀는 바다로 갔다.

사람들이 많이 모인 모래사장을 피해 외딴 바닷가에서 버스를 내렸다.

울퉁불퉁하여 발바닥이 아픈 바위 그늘에서 옷을 바꾸고 물속으로 걸어 들어갔다.

차가운 물은 육감적이고, 넘실대는 압력은 징그럽지 않을 정도로 욕정적이기까지 했다. 명순은 바다에다 몸을 맡겼다.

한수는 중독 상태에 들어가면 한 달이고 반년이고 그 이상이고, 명순의 육체를 잊고 말았다. 그녀는 바닷물에서 오는 전신적인 압박에서 흘깃 남편의 애무를 감각하기도 하였다.

그러나 이윽고 모든 사념은 그녀의 머리에서 사라졌다. 그녀는 다만 운동의 쾌감을 느끼며 깊은 곳으로 헤엄쳐 나갔다. 수평선을 바라보며 멀리멀리까지 갔다. 온몸에 힘이 넘쳐 흐르는 것을 느꼈다.

6   요오드팅크.

물의 차가움이 두세 번 달라졌다. 그녀는 나가기를 멈추고 몸을 뒤쳐 등으로 둥실 떴다. 구름이 눈부시다. 갈매기가 날아간다.

인간이 인간임을 완전히 망각할 수 있는 순간이란 얼마나 좋은 것일까. 고독을 죄처럼, 무슨 잘못처럼 버젓잖이 느끼지 않아도 되는 순간이란⋯⋯.

그녀가 옷을 벗어 논 물가로 돌아왔을 때 어떤 남자가 가까운 바위 위에 앉아 있는 것이 보였다. 보릿짚모자 밑에서 줄기찬 시선을 명순에게 보내고 있다.

명순은 지나갔다. 그러자 젊은 남자는 따라 일어났다.

"명순이지, 역시 그랬었군. 그새 잘 있었어?"

명순은 사나이를 쳐다보고 퍼래진 입술로 웃어 보였다.

"난 누구라구."

그러고는 바위 그늘로 가 타월을 어깨에 걸쳤다.

"아까 버스에서 내릴 때부터 보고 있었어. 아무래도 명순이 같다고 생각했었지."

세연은 조금 더 가까운 바위로 옮아와 걸터앉았다.

"옷 벗는 것도 봤어."

"바보 같은 소리."

"한수는 잘 있어?"

이것은 좀 특이하게 들리는 어조였다. 그는, 아니 그들 동창생은 아마 누구나 다 한수의 상태를 알고 있는 것이다. 명순은 수건으로 젖은 머리를 문질렀다.

"얼마 잘 있지도 않아."

"그래? 그거 야단이로군."

세연은 따뜻한 눈초리로 명순을 지켜보았다. 잠시 침묵이 흐르고 단조로운 파도 소리만 되풀이하였다.

"결혼했느냐는 인사쯤 있을 법도 한데?"

"그런 것 물어서 뭘 하려구."

"여전히 냉담한데?"

옛 클래스메이트는 쓴웃음을 지었다.

"외국에나 갈까 하구 있어. 여기 있어 봐야 별 재미두 없구……."

명순은 햇볕을 흡수하여 따가워진 바위에 가슴을 대고 엎드렸다.

"명순인 지금 행복할까? 정직히 말해서……."

명순은 머리만 조금 들고 간단히 고개를 저어 보였다.

"그렇지만 아직도 한수를 사랑하고 있군?"

갑자기 명순은 소리를 내고 웃었다.

세연은 잠자코 그녀를 바라보고 생각에 잠겼다.

이윽고 그는 바위에서 일어나며 말하였다.

"약방에 한번 놀러 가도 괜찮겠어?"

"앉을 데도 없는걸. 한수는 그 모양이고."

"그 병은…… 좋지 못해."

세연은 어두운 소리로 낮게 뇌었다.

"그 병은 아주 좋지 못해. 명순에게도."

"알고 있어."

명순은 끄덕였다.

"그렇지만 난 아무 일도 또 새로 시작하지는 않을 테야."

그리고 그녀는 약간 확신이 없는 얼굴이었으나 덧붙였다.

"다 알아 버렸으니까."

이번에는 세연이 웃을 차례였다. 그리고 그는 푸르게 반짝이는 바다로 고개를 돌려 먼 시선을 지었다.

"물에 또 들어가나?"

"조금 이따가……."

"난 그럼 갈 테야. 안녕."

"안녕."

세연은 느릿느릿 사라졌다. 조금 슬픈 것 같아 보였다.

명순은 잠시 그의 뒷모습을 지키다가 돌의 따뜻한 부분으로 돌아누웠다.

저녁때 명순은 싱싱한 낯빛이 되어 드라이브웨이로 올라왔다. 시내를 향한 차가 달려오기를 기다리며 가볍게 걸어갔다.

한편에서 바다는 진줏빛 섞인 옥색으로 부드럽게 빛나고 있었다. 기운찬 바람이 그녀의 깡뚱한 옷자락과 머리칼을 날렸다.

'기운이 돌아왔다.'

'나는 언제나 즐겁지는 않지만 그러나 기운은 돌아왔다.'

걸으며 명순은 문득 어떤 공상을 하고, 미소하였다.

공상은 때때로 조금은 즐거울 수 있었고, 그 대신 아무 의미도 없는 것이기는 하였다.

한수가 죽어 버린다는 일.

한수가 죽어 버리고 그의 옆에 노트가 펼쳐져 있다면……
노트에는 흘림 글씨로 몇 자 적혀 있을 것이다.

'정신이 맑은 새에 결행하겠다. 당신을 사랑한 증거라고 알아준다면 다행이다……'

사랑?

그것은 얼마간 우스운 말이기는 하였지만 나쁜 말은 아니었다. 동화를 읽고 난 어른처럼 그녀는 미소했다.

세연 같은 청년은 그런 것을 소중히 알고, 언제까지나 밥 굶은 소년처럼 가엾은 눈을 하고 있는 것이다…….

젖은 물옷을 무릎에 놓고 차에 흔들려 명순은 집에 돌아왔다.

약방의 유리문은 잠겨 있었다. 그녀는 뒷문으로 돌기 위하여 옆 건물 사이의 좁고 습기 찬 틈으로 들어섰다.

부엌문은 열려 있었다. 모든 것을 팽개쳐 두고 한수는 나가 버린 모양이었다.

정말 도둑이 들었었을지도 모르지만 명순은 그다지 개의치 않았다. 그녀가 살아가기 위해서는 그런 일들은 차라리 필요한 조목들일지 몰랐다.

방으로 올라갔다.

한수는 외출하지 않고 거기 누워 있었다.

베개도 없이 턱을 높이 쳐들고, 마치 턱으로 솟구쳐 오르려는 듯한 자세로 누워 있었다.

크게 벌어진 입은 바싹 말라 침도 안 흐르고, 석고같이 하얀 살갗을 하고 있었다. 그는 호흡을 안 하였다. 그는 죽어 있었다.

명순의 동공은 크게 벌어져 갔다. 점점 더 크게 벌어져 갔다. 자기가 태어난 이 우주 속의 일점을 다시 놓친 사람의 그것같이, 그것은 매우 크게 떠진 눈이었다.

구애하지 않는 여자들

김남숙(소설가)

내가 아주 어렸을 때 — 물론, 너무 어려서 어쩌면 모든 기억이 각색일지도 모르는 나이였음에도 — 한 가지 또렷이 기억나는 말이 있었다. 눈썹까지 거의 백발인 치매를 앓던 동네 할매의 말이었다. "야, 야, 미군이랑 자면 밑이 찢어진다." 할매는 내가 신발을 짝짝이로 신고 동네에서 흙장난을 하고 있을 때에도 조심스럽게 다가와 내 귓가에 그런 말을 하고 돌아가곤 했다. "야, 야, 아가. 미군이랑 자면……." 매번 그런 말을 하고는 돌아가면서 동네의 돌담벼락이라는 담벼락은 모두 맨손으로 피가 나도록 질질 문질러 댔다. 이유는 모른다. 더 놀라운 점은, 그 동네 할매가 완전히 아무것도 기억하지 못하는 치매는 아니어서 가끔씩 동네 정자에 앉아 죽을 먹거나 동네를 가만가만 산책할 때도 있었다는 것이다. 나는 그 당시 할매가 무슨 이야기를 하는지 잘 알지 못했다. 치매기가 있는 동네 어느 할매가 무서웠고 할매의 표독스러운 말투와 독기 가득한 눈빛이 무서웠다. 할매는 내 기억이 맞다면 동네에 사는 모든 여자들에게 그런 말을 꼭 한 번씩은 했던 것 같다. 그리고 할매는 어느 순간 사라졌다. 물론 어느 순간 그 할매가 보이지 않기 시작한 때에, 나는 당연히 할매가 갈 때가 되어서 간 것이라 생각하고 말았다. (그 당시 나는 죽음에 대해 잘 알지 못했지만 대강 머리로는 이해할 수 있었다.) 그런데 나는 아주 시간이 지난 뒤에야, 그래 봤자 내가 고등학교 2학년 때쯤, 문득 이상하리만치 크게 그런 소리를 지르고 다니던 할매의 말이 다시금 떠올랐다. 이유는 누군가 그때의 할매처럼 나한테 그와 비슷한 말을 해 준 사람이 있었기 때문이었다. 나는 그런 말을 해 주던 그 아이의 눈빛과 말투에서 과거의 그 할매를 당연히 떠올릴 수밖에 없었다.

그 애는 나에게 '순결 서약' 비슷한 것을 강요했다. "결혼하기 전까지 남자와 절대 자면 안 돼, 절대. 그건 더러운 거야." 그 애는 해마다 비밀을 말하는 것처럼 내 귓가에 대고 그런 얘기를 했다. "알았지? 약속한 거다." 개는 마지막에 이런 말도 빼먹지 않았다. 나는 그런 말을 하는 그 애를 앞에 두고도 놀라지 않았다. 나는 옛날처럼 신발을 짝짝이로 신고 흙장난을 하는 아이도 아니었고, 다른 무엇보다도 그 얘기에 놀랄 필요가 없었다. 나는 그 순간, 할매가 나한테 그 말을 했을 때와 똑같이 그 애의 말을 잘 이해할 수 없었을 뿐이었다. 이해할 수 없다는 데에는 많은 이유들이 따라붙었지만, 간단히 말하자면, 이제는 그 애가 나에게 강요하던 것을 '강요하는' 것이 이상하다는 사실을 알았기 때문이다. 그 당시, 내가 고등학교에 다니던 시절만 하더라도, 학생들은 저마다 외국 영화 속 매력적인 배우들을 한 명씩 마음에 품고 있었고, 순결이라는 말 따위도 도덕 교과서에서조차 찾아볼 수 없는 요상한 단어같이 느껴지곤 했었다.

나는 그 애 앞에서 그저 할매의 눈빛과 말투를 떠올렸다.

그리고 나는 그제야 할매가 나한테 했던 말을 이해할 수 있었다. 이해란, 더 정확히 말하자면, 그때 당시에 할매를 둘러싸고 있던 '강요하는' 인간들의 존재를 어렴풋이 이해할 수 있었다는 말이다. 할매의 시대는 예외가 없어야 하는, 애절하고 절절한 사랑이 보편적인 세대였다. 그럼에도 불구하고 그러한 사랑에 대해서는 알지 못하는 아이러니한 세계였다. 누군가들이 보편적으로 만들어 놓은 사랑에 구애해야 하는 세계. (물론, 이는 지금도 특별히 다르게 작용하지는 않지만 어쩌겠나!)

　나는 다시금 사랑에 대해 생각한다. 할매와 그 애의 말이 떠올랐기 때문이 아니라, 이 소설을 읽었기 때문에 나는 사랑과 세계에 대해서 생각한다. 지금의 사랑, 과거의 사랑에 대해 생각한다. 과거의 사랑이라는 말도, 지금의 사랑이라는 말도 우습지만 나는 한편으로 그렇게 나눌 수도 있다고 생각한다. 할매가 태어났던 시기에 만약 내가 태어났다면 나는 누군가에게 순결 서약서를 들이밀거나 미군에 대해 떠들었을 수도 있다. 그러니까 세계에 크게 반하지 않는 (어쩌면 괴물 같은) 인간으로 자랐을 것이다.

　하지만 나는 다행히도 사랑에 대해 그런 식으로 생각하지 않는다. (어쩌면 나는 지금 이 시대를 살아가기 때문에.) 나한테 있어서 사랑은 별것이 아니다. 배고프면 닥치는 대로 음식을 입에 가져다가 욱여넣거나 졸리면 대낮 거리에서도 다리를 뻗고 잘 수 있는, 그런 대책 없이 우악스러운 감정과 비슷하다. 그리고 여기, 이 소설에서는 나와 비슷한 생각을 하는 듯 보이는 여자들이 나온다. 오늘날까지 살아 있다면 할매보다 나이를 먹었을 여자들이지만 나는 어쩐지 그들이 친구처럼 느껴진다. 기애, 숙희, 여자, 여자들. 사랑에 있어서 세계에 구애하지 않는 여자들. 사랑하면 하고, 아니면 하지 않는 여자들. 외팔이도, 미군 부대 뚱보도, 의붓오빠도, 어느 누구라도 어느 때건 사랑하고 싶을 때 사랑하는 여자들. 그러나 절대 사랑할 수 있게 해 달라고 구애하지 않는 여자들. 순응하지 않는 여자들.

나는 소설 속 기애를 떠올려 본다. 기애는 사랑을 한다. 기애는 그냥 사랑을 한다. 그것이 구색만 갖추었더라도 사랑은 사랑이니까. 그것이 기애의 방식이고, 나는 그런 방식을 좋아한다. 기애의 사랑은 절절하고 애절한 것과는 거리가 멀다. 하지만 사랑의 예로 들 수 있다. 이를테면 무너져 가는 판잣집(해방촌)에 살면서도, 방 안쪽에 놓인 쌀가마니에서 들끓는 쥐가 머리맡에 굴러떨어져 잠을 설치면서도, 비가 오면 온통 벽지가 젖어 푸른 곰팡내를 코에 박고 살더라도, 누군가를 만나려고 외출을 할 때에는 가장 마음에 드는 구두와 멋들어진 매니큐어를 손톱에 칠하자, 하는 그런 류의 다짐을 하게 되는 사랑. 하지만 스스로가 너무 초라해서 걸어가는 도중에 귀걸이도 빼고 목걸이도 주머니 속에 감추는 그런 마음. 그리고 나는 기애의 절절하고 애절하지 않은 사랑이 좋다. 여전히 소설 속에서 세계와 타협하지 않는, 마음껏 움직이는 여자들이 살아 있다는 점이 나는 좋다. 이런 여자들을 우리에게 넘겨준 작가가 여성이고, 또 이런 소설을 써서 남겼다는 데에 감사하다.

이 소설을 읽고 나서 말미에 쭉 그런 생각이 들었다. 할매는 그 당시에도 이 여자들과 이 소설을 읽지 못했고, 지금도 볼 수 없겠지만 만약에라도 — 그러니까, 꿈에서라도 가능하다면 — 할매가 온전한 정신이었을 때 할매 몰래 이 소설을 정자에 몰래 두고 오고 싶다.

해방촌 가는 길   1판 1쇄 찍음 2019년 10월 11일
1판 1쇄 펴냄 2019년 10월 18일

지은이 강신재
발행인 박근섭, 박상준
펴낸곳 (주)민음사

출판등록 1966. 5. 19. 제16-490호
서울시 강남구 도산대로 1길 62(신사동)
강남출판문화센터 5층 06027
대표전화 02-515-2000 팩시밀리 02-515-2007
www.minumsa.com

ISBN 978 89 374 2954 5 04800
ISBN 978 89 374 2900 2 (세트)